U0734035

凉子访谈录

著

▶

# 依然
# 热爱生活

上海文化出版社　博集天卷
CS·BOOKY

**图书在版编目（CIP）数据**

依然热爱生活 / 凉子访谈录著 . -- 上海：上海文
化出版社，2022.1
ISBN 978-7-5535-2411-5

I. ①依… II. ①凉… III. ①故事—作品集—中国—
当代 IV. ① I247.81

中国版本图书馆 CIP 数据核字（2021）第 220180 号

出 版 人：姜逸青
责任编辑：赵光敏
监　　制：邢越超
策划编辑：张　攀
特约编辑：白　楠
营销编辑：杜　莎　李大鹏　文刀刀
封面设计：利　锐
版式设计：梁秋晨
内文排版：百朗文化

书　　名：依然热爱生活
作　　者：凉子访谈录
出　　版：上海世纪出版集团　上海文化出版社
地　　址：上海市闵行区号景路 159 弄 A 座 2 楼　邮编：201101
发　　行：中南博集天卷文化传媒有限公司
印　　刷：北京天宇万达印刷有限公司
开　　本：880mm×1230mm　1/32
印　　张：8.5
字　　数：196 千字
版　　次：2022 年 1 月第 1 版　2022 年 1 月第 1 次印刷
书　　号：ISBN 978-7-5535-2411-5 / I · 930
定　　价：49.80 元

如发现印装质量问题，影响阅读，请联系 010-59096394 调换。

凉子访谈录
LIANGZI INTERVIEW

创 作 团 队

文学统筹

邱 实

副统筹

凉 子
陈 磊
从驰路
李亚隆

执 笔
迁 渡
橘十三
阿 婧
五一泽

# 代序：一部独特的生命史和心灵史

为了更好融入年轻人的世界，在十四岁儿子的指点下，我关注了B站，并且成为这个神奇网站的忠粉，对《凉子访谈录》的了解，正是源于我刷B站的巧遇。

让我印象深刻的一个嘉宾，是和凉子聊天的北京小伙，他说的都是家里的事情，讲的都是日常百姓每天都要遭遇的家长里短，流露的是常人都有的喜怒哀乐。小伙子淡定、自持，依然拥有年轻人宝贵的血性，这种风格让我立即喜欢上了《凉子访谈录》，对其充满了好感。它极为自然，它几乎不依赖狗血剧情和戏剧化变故刻意去追逐流量，这正是我一直认同的非虚构作品品格的内在精髓。对我而言，B站像一个神奇的部落，聚合着无数年轻人的梦想与奋斗，也接纳着无数年轻人的吐息和心酸。《凉子访谈录》以一种极为接地气的姿态，给普通人，尤其是年轻人提供了一个讲出自己故事的出口。在短短一年内，这档节目因其质朴真诚、毫不雕饰、自然本真的风格，在全网获得了数百万粉丝的喜爱。这是互联网的奇迹，也是年轻人渴望被看见、期待被倾听的情感诉求在互联网时代的一次聚集和呈现。

尽管代际阻隔并不能成为彼此隔膜的直接理由，但因为智能化、信息化和互联网的落地所带来的技术革新，我深深意识到前辈要理解现在的年轻人，仅仅依赖个体的成长经验，已远远不够。两者要达成更多的沟通，获得更多的彼此体恤和包容。前者必须主动去了解后者的"当下世界"，接受信息化无孔不入所带来的挑战，甚至融入某种"手足无措"的真实环境，要调整视角、彻底打开，以接纳更多新鲜的东西，实现和年轻人共处真正意义上的同一片时空。如果囿于社会发展的线性观念，那些在时代红利中安然站稳的前辈，特别容易对此导致的盲区视而不见。相比前辈普遍承受的"吃不饱、穿不暖"的极端贫瘠的物质记忆，现在的年轻人所承受的压力和挑战，他们精神上的困惑和身体上的煎熬，和父辈比起来，并没有少半点儿。更重要的是，这种心灵的挣扎和磨难，夹杂在网络时代的喧嚣泡沫中，伴随极度原子化、反差极大的现实，往往找不到排解途径，以致不少孤独的个体，在无声中日渐蜷缩起年轻的身体，封闭心灵的大门。这些暗处的青春叙事，需要被更多地敞开，需要更多人耐心地倾听和理解，而不是给这个群体轻易贴上简单的标签。

——这是我一直警惕的地方，也是我碰上《凉子访谈录》，感觉特别欣喜和惊讶的地方。当我听到如此多的年轻人依赖新媒体的便捷，获得一条表达自我的通道后，我终于理解，为何具有非虚构作品品质的视频节目，能够在短期内获得众多网友的认同。

作为《凉子访谈录》运营成功后的副产品，眼前这本《依然热爱生活》依然保留了视频的精神和气质，平实质朴的故事，流淌的是年轻人对自我成长的思考和回望。正如书名《依然热爱生活》所言，这本书尽管呈现了年轻人在当下迫于各种原因的挑战，但更多年轻人还是在现实的激励下走向了新生，按下了人生的重启键。

如果你有幸碰到这本书，你将会遇见爱打抱不平、保留了英雄气质的苑铎；将会遇见尽力摆脱原生家庭阴影，并在爱的滋养下找回自我的晓静；将会遇见爬出生活泥泞，在他人帮助下自救成功的路遥；将会遇见顺风顺水中长大的十七岁少年，如何跌入人生谷底继而爬起，实现痛苦蜕变的秦望；将会遇见信守承诺，接纳父辈留下的债务，持有中国传统美德的杨乐；将会遇见在舞台上光鲜无比，却要承受无数失败，最终因为坚持而发光的杜兜；将会遇见高考失利，在衡水中学的锻造中获得新机会的小乔……这种感觉就如同在阅读中，随处就可以遇见身边的年轻人。是的，放在地铁的人流中，他们都极为普通，但若将眼光聚焦到个体，就能发现他们身上独有的属于这个时代的年轻人的光彩和力量。他们在弹幕中相遇，或者擦肩而过，却能在共同的叙事中，感受到息息相通的默契。

这是一部独特的生命史和心灵史，在共同的倾听和看见中，人与人之间的理解和沟通必将更容易达成。

黄　灯

二〇二一年七月十一日

4

# 目录

CONTENTS

# 第一章

# 一根倒刺的
# 拔除

　　肌肤干燥时，指甲周边往往会裂纹起皮。先是阵阵微痒，再则遇水刺痛。翻至掌背细瞧，一根倒刺明晃晃地扎在眼前，难免自问："拔还是不拔？"

　　对良心的考验，对绝症的恐慌，对情感的迷惘，对责任的逃避……我的五位主人公，无外乎都在人生的某个阶段遇到了那么一根不请自来的"倒刺"。

　　面对倒刺，用力去抠，会留下一道血痕。保持不动，它又会日日灼心，惹你不安。无论你的选择是什么，除掉这根恼人的"倒刺"，迎来的都会是欣欣然。

——迁渡，本章作者

# 请别叫我英雄

**作者按**

每一座城市的角落，都有着默默守护黎明的普通人。他们用行动印证侠义——该出手时就出手！

一

早晨八点，地铁 13 号线上，苑铎掰断了一个男人的手指。

那天蛮冷，好在车内开了空调。苑铎一身疲惫地瘫倒在座位上，有些贪婪地将头顶贴近上方，享受这免费的热气。最近这段日子里他找了太多兼职，几乎能不分场合倒头就睡，而现在他因惦记着此行的目的地，强打着精神以免误站。

他要去的地方是北辰路上的一家叫马可波罗的酒店，酒店在招插花兼职，一天干上几小时，工资不低。

　　早高峰还未到，车厢内乘客分布均匀，对面过道上只站了一个身材中等的男人。他穿着鸦黑的棉袄，米色的毛衣领口有短粗的脖颈留下的汗渍。

　　两排座位上稀稀拉拉地坐着人，大多数人戴着耳机低着头。地铁穿行在晨光点亮的轨道上，能听见的原本只有风声和列车与铁轨摩擦的声音。

　　可醒着的苑铎却听到了第三种声音。

　　那声音由男人的粗喘与女人的嗫嚅组成。苑铎瞪大了眼睛，循着声音望过去，在那个穿棉袄的男人的两腿之间，看到了一抹亮眼的红。

　　声音还在持续，苑铎伸长脖子望着，正好对上那个女孩惊慌失措的脸。她双手抱胸，两腿夹得紧紧的，却阻挡不了身后那个隔着裤子摩擦下体的恶鬼。

　　那一刻，苑铎下意识地攥紧拳头，愤怒的情绪自上而下将他贯穿。他从座位上站起，径直走到了男人面前，手臂搭了上去。

　　他掰开了那个男人搭在女孩臀部的手，咔嚓一声，苑铎知道自己坏事了。


　　"知道错了吗？"

　　"知道了……"

　　"下次遇到这种情况，先报警。"

　　派出所里，警察调了地铁监控，证实了苑铎的伤人动机。那个男人被送往医院，说是拇指骨折。苑铎被留下来录口供签字，最后拿出为数不多的积蓄赔了对方两千块钱。

从派出所出来已是凌晨，酒店也去不成了，距离大学宿舍又太远，苑铎漫无目的地沿着四环走着，走到水立方对面的马路，又望见灰蒙蒙的鸟巢。苑铎想到了肯德基和麦当劳，手伸进口袋却发现自己只剩前天插花所挣的三百块现金了。

他路过了一家银行，银行外侧的 ATM 机发着微弱的光，像不属于冬夜的萤火，散发着诡异的生命力。苑铎打开门，在白色瓷砖上坐定，他发着呆，直到屁股被硌得生疼才缓缓躺下。

那天晚上他被冻醒了几次，醒了就出门跺跺脚跑两步，最后在天蒙蒙亮的时候才离开。

那是二〇一二年北京的一个冬夜，苑铎正在读大三。论坛和贴吧里关于世界末日的流言漫天飞舞，而苑铎只记得那年的北京极冷，冷得掉冰碴子。

二

大学时期，苑铎给自己取了个网名，叫怪兽。他喜欢看迪士尼动画，尤其喜欢看影片《美女与野兽》，那首主题曲常年躺在他红心歌单的前三位。

怪兽外表粗犷，内心却柔软，渴望被认同，又拒绝被接受。怪兽是个极端矛盾的个体，他把所有美好赠予所需之人，再露出凶狠的獠牙示人。

苑铎希望自己做一个怪兽先生，哪怕遍体鳞伤，他也会异常满足。

那次地铁事件后，苑铎在网上看到很多类似的信息，才知那个女孩所经历的事情根本不算罕见，在地铁上几乎天天都在上演。

他有一次坐地铁，在头顶的把手上看到市妇联张贴的公益广告。

广告上面写着："不做沉默的羔羊，不做冷漠的看客。防止性骚扰，共同发声。"广告就贴在与每个人近在咫尺的位置，但事情发生那天，只有怪兽站起了身。

二〇一四年，苑铎辞职搬家。收拾好被褥行囊后，苑铎在没来得及关掉的电脑上收到了一封招聘网站群发的邮件，邮件里写着某公司招聘经理助理，包吃包住，月薪三千五。

苑铎盯着那封邮件沉思了片刻，然后在房东的催促下记下了号码。离开出租屋后，苑铎拨通了对方的电话。

那时候的苑铎年轻，缺钱，精力充沛，无处可去。于是他和对方在约定的地点见了面。那是一座大都市里常见的写字楼，通体灰白，大厅里的前台小姐妆容精致，阳光透过玻璃顶窗直射下来，一时间苑铎甚至后悔自己打扮得太过随意。

大约半小时后，苑铎在大厅见到了电话里的那位"经理"。经理一张瘦长脸，身上穿着紧身的韩版小西装，染着黄毛，说话语速很快，看上去比苑铎大不了多少。

苑铎穿着大学里买的黑色短袖 T 恤，平头黑脸，架着一副很学生气的粗框眼镜。他默不作声地跟着经理上电梯，一时有了些求职者都会有的紧张。他自我安慰似的环顾四周，却在电梯开门的瞬间呆住了。

他首先看到的不是白炽灯下一排排敞亮拥挤的办公桌，而是一条铺满地板的红毯，红得夺目，却一瞬间让他认清了现实。

这里不会是什么好地方，苑铎想。

沿着红毯走进长廊，两侧见不到窗户，视线里一片昏暗。墙上是不知名的反光墙贴，一眼望过去满是两人扭曲的脸，苑铎甚至分不清这里该叫 KTV 还是夜总会。他有些迷茫又有些激动，任由过道里不知名的香水气息掩盖住内心最后一丝恐惧和犹豫。

包厢里，苑铎在短暂的心理斗争后，与经理签订了合同，正式成为这里的一名员工。

一开始，苑铎的工作很简单，就是招人。他负责在网上发布招聘帖子，在贴吧留言，在聊天群里发小广告，被禁言被踢，但苑铎乐此不疲，因为招一个人入场奖励五百，经理拿三百，他有二百。

他有时候也会留意到隔壁包厢传出来的声音，男男女女，高歌喊麦，一直喧闹到后半夜才逐渐消停。苑铎原本对里面的人人事事不那么感兴趣，直到那一天，他在凌晨两点的走廊里遇见了小北。

小北穿着到大腿根的包臀裙，不算太细的腿被黑丝袜包裹着。她用手拨开贴在脸上的长发，苑铎看见了她那张眼窝深陷的脸。

苑铎记得她，大概一个月前，苑铎在楼下接到了刚从农村来到北京的小北。那时候她扎着马尾，一张素白的脸，抿着嘴不苟言笑，一脸的防备。

小北是经理招来的，苑铎只负责安排她入职，两人虽认识但不熟。

而此刻虽对上了眼，苑铎也只能朝对方挤出一个干笑。他正要转身，却看见小北犹如一只断了线的风筝，轻飘飘地朝地板砸去。

苑铎离她太远，没能像电视剧里的男主一般及时接住小北。小北的脑袋撞在一旁的消防栓上，女孩的血融进地毯。两种红色在苑铎的眼里交织，他一时间不知道自己为什么要在这里。

苑铎送小北去了医院，急诊室的大夫在女孩的头上缠了一圈纱布。然后苑铎背着悠悠醒来的小北在马路上走着，两人一路无言，远远看上去像是夜里的幽灵，在城市里孤独地游荡。

小北和其他十几个姑娘住在一间出租房。一开门，客厅里摆满了床垫枕头，但空无一人。苑铎将小北放下，看着她换鞋收拾，然后钻进被窝。

苑铎问小北为什么摔倒，小北哑着声说自己被灌多了，头晕。

离开前，苑铎对小北说："那不是个好地方。"

小北半张脸蒙在被子里，声音低低道："我知道，但我交了五百块钱。我没钱了。"

苑铎记得自己每个月最高兴的日子，就是经理发给他提成的日子，而此刻他望着床上昏睡过去的小北，脸涨得通红。

没过几天，苑铎又在走廊里看见了小北，她还是穿着那件包臀裙，黑丝袜，小皮鞋在红毯上踩得嗒嗒作响。苑铎远远看着，直到她被经理领进包厢，小北都没瞟他一眼。

苑铎最后一次见到小北，是在夏天。他一个人买了二十份盒饭，送到包厢的时候，小北坐在一众姑娘之间，背上挎着路易威登的小包，她嘴唇红得吓人。见苑铎拎着饭进来，姑娘们嘘声一片，有人半撒娇地对苑铎说要点菜，不吃盒饭。

苑铎干笑着，这二十份盒饭每份三十元，而他自己刚刚在楼下只吃了一笼六块钱的包子。

"我们每天辛辛苦苦，你只给我们吃盒饭？"姑娘的嬉闹声中，苑铎听到了小北的声音。

苑铎本该生气，本该给她一巴掌让她分清好歹，但苑铎没有，他甚至不敢抬头看小北。他低着头，直到小北将那份盒饭从窗户扔了下去。

"你出来一下。"苑铎再也忍不住，他半拖着小北从包厢走了出来。

他拉着小北到卫生间门口，伸手摸出一张银行卡，不由分说地塞进小北手里。

那是他在夜总会工作半年的全部积蓄，他告诉小北自己可以再挣钱，但小北一定要离开。

小北笑了，她接过银行卡又将它塞进苑铎胸前的口袋。她笑得像一只猫，妩媚又动人，她说自己不缺钱，在这里干活又怎么会缺钱。

苑铎想要摆出一脸不可置信的样子看着她，但他装不出来，或许他早已在心里接受了小北的结局，他只是努力让自己抱有幻想罢了。

祈求他人向善但自己无动于衷，伪善罢了。

那天夜里，苑铎挨了这辈子最狠的打。经理从姑娘那里听到了传言，得知苑铎竟煽动员工逃跑，气得顿时没了往日的假笑。一群人粗话连篇，将一米八的苑铎按在包厢里拳打脚踢。

包厢很小，墙很厚，外面听不到声音，但苑铎一声不吭，任由身体承受着疼痛。他睁着眼，却活像个死了的人。

第二天经理没收了他一个月的工钱，苑铎脑袋肿得像个皮球，身上青紫一片。他躺在包厢的沙发上，开始构思自己的逃跑计划。

入职那天，苑铎和所有人一样上缴了身份证。他默默地观察了好几天，终于逮到一个偶然的机会，听到经理和其他人的对话，原来身份证就藏在经理每天坐的那张长沙发底下。

那天中午，趁所有人都在休息，苑铎偷偷掀开沙发坐垫，翻出来一个不大的铁盒，里面是几百张身份证。苑铎翻到自己的，他将那张薄薄的卡片攥进手心，头也不回地离开了。

三

二〇一七年，此时苑铎已经毕业近四年了。他找了份与专业相关的工作，钱虽然不多，还算是学徒，但起码他每晚可以安心睡觉，不必担心半夜被突然叫醒。

或许苑铎与小偷犯冲，他遇到小偷的频率高于常人，遇到了就得抓。地铁上抓，街上抓，在所有他能偶遇到小偷的场合，他都会第一时间站出来。他甚至通过网络自学了不少格斗技巧，配以自己颇为健壮的体格，苑铎几乎从未失手。

有一回，他正在广场献血，护士刚把针头推进去，外面就传来喊叫声："救命！抓小偷！有小偷！"

当时苑铎想都没想，他一把扯下针头，三两步从献血车上跳了下去。那天秋高气爽，北京的风很清凉，带着微微的甘甜，苑铎飞奔得像一颗炮弹，整条街上的行人纷纷侧目，但无人看得清他脸上的笑。

苑铎喜欢在风里奔跑，心跳得很快，脑袋嗡嗡作响，那都是人活着的表现。

在长街的拐角处，苑铎一把抠住了小偷的肩膀。

苑铎像拎小鸡崽似的将小偷交给了赶来的民警，民警将苑铎上下打量一番，表情惊异地送他一个大拇指。

被偷的是一对母女，妈妈看上去三十出头的样子，女儿顶多五六岁。小姑娘梳着苹果头，脸蛋上还残留着两道清晰的泪痕。她怯生生地站在妈妈身后望着苑铎，听着妈妈向面前这位陌生而高大的男人不断地道谢。

过了好一会儿，苑铎听到小姑娘对妈妈说："妈妈，这个叔叔怎么这么像狮子，也像黑熊？"

苑铎和面前的年轻妈妈都愣住了，他下意识地摸了摸自己下颌新生的胡楂，然后听到那位妈妈说："这位叔叔不是熊，他是英雄。"

那是苑铎第一次被人冠上"英雄"的称号，他高兴之余又有些不自在。英雄太高调，而他本身又是个低调的人，如果可以的话，他还是想做那位怪兽先生。

怪兽先生和每个普通人一样住在钢铁森林里，他平时安静随和，甚至容易害羞。他会在众人看不见的角落守护黎明，可众人说黎明无须守护，因为太阳总会升起。

两人离开后，苑铎才注意到胳膊上微微肿胀的针孔，全身放松之后，他甚至有些脱力。

晚上他又梦到了小北，他梦见小北扎着马尾，在红地毯上局促不安地打转。然后他看见了自己，那个苑铎穿着不合身的小西装，还是那副粗框眼镜，眼睛笑得眯起。他看见自己双手向前摆了一个殷勤的动作，小北在那个动作里留下一刻的迟疑，随即展开了紧绷的脸。

他在梦里一遍遍地重温那个场景，早上醒来的时候，他甚至想到了自毁。

晚上下班，苑铎如往常一样倒第二班地铁，地铁上乘客依旧稀稀拉拉，一眼望去大家都低着头，露出一张张顶光也照不清晰的脸。

苑铎也干脆低着头，直到地铁在某站停下，耳边脚步声杂乱，上来了几对男女。苑铎起初没有在意，直到他又听见了那种声音，那种夹杂着恶意与恐惧、不合时宜的声音。

苑铎抬头望去，又对上一张女孩无助的脸。

但他沉默了，他看见坐在女孩旁边的男生挪了位置，他看见女孩对面座位上的阿姨捂住了怀里小孩的眼睛，他看见女孩不远处的两名学生在窃窃私语……他们所有人都看见了，但所有人都无动于衷。

怪兽先生又站了起来，他高声道："你在干什么?!"

那恶鬼睁着猩红的双眼朝他瞪了过来，一副凶神恶煞的模样。

"你在干什么？"怪兽先生又问。

那恶鬼猛地甩开女孩，径直朝他走来。

"我问你在干什么？"怪兽先生再问。

直到那恶鬼贴近，一股刺鼻的酒精味直冲苑铎的脑门。他皱着眉，这才发现对方其实是三个人。

列车在看不到尽头的隧道里狂奔，车上的人群给交战双方让出一片赛场。怪兽与恶鬼们打作一团，眼睛里溢满了红色，怪兽接受了新生。

后悔吗？直到现在依旧有人问苑铎这个问题。这个问题让苑铎一瞬间清醒，他会直视着对方的眼睛，面无表情道："不后悔，一点儿都不。"

怪兽先生也曾掉进歹徒的陷阱，但他爬了出来，此后他格外珍惜光明，即便无人理解。

## 四

二〇二〇年年初，新冠疫情暴发。苑铎报名作为援鄂志愿者。列车一路南下，最后在江城停下。

在武汉的日子很忙，苑铎和团队成员负责疫情期间患者心理状况数据的收集。这是一项很难出现在公众面前的任务，因为涉及病患隐私，苑铎他们的工作从开始到结束一直都不对外公开。

四十七天后，苑铎离开武汉。离开前他坐在大巴里，看到路两旁拉起了大红色的横幅，横幅上写着："向战斗在抗击疫情一线的医务工作者致敬！向英雄致敬！"

车上，苑铎收回视线，低声喃喃道："我才不是什么英雄。"

我想出门晒太阳 ▶

**作者按**

倘若没有病魔，小丹十八岁的夏天会是什么样子？罹患白血病的她，有个简单却奢侈的愿望。

## 静妍

酷夏七月，火车站出站口堵满了人，有男有女，男性居多。这群人手里举牌，脖上挂码，一张张被汗渍与烈日染黄的脸争相上前。静妍摇着头从中穿行而过，他们就如同海浪向后翻滚。

天热，人心慌，知了藏在树荫里喋喋不休地叫。静妍从包里拿了张湿巾细细擦拭着脸和脖颈。她生得白皙又小巧，戴着一副镜片颇厚的眼镜，远远看上去像个未经世事的中学生。

静妍今年二十一岁，刚大学毕业。这是她第一次来首都，却不是来旅游的。她只买了张地铁 1 号线的票，目的地是北京某血液专科医院。

一路辗转，总算平安抵达，站在住院部楼下，有阴凉的风夹杂着消毒水的气味扑面而来。静妍觉得医院的门就像一道开关，站在外面阳光普照，站进里面却阴翳笼罩。

感受到夏日里的一缕清凉后，她竟然产生了一丝胆怯与害怕。

她上到十二层。在病房门口，她首先看到了背影单薄的母亲。母亲坐在走廊的长椅上，脊背有些佝偻，微微露出一丝侧脸。她戴着和静妍脸上一模一样的白口罩。

静妍走上前，想给母亲一个拥抱，却先被人拉住了双手。

母亲眼眶微红，声音颤抖道："先去看看妹妹吧。"

简单的七个字，却震得她心头发慌。她推开门，一眼便看见了妹妹。

妹妹穿着蓝白条纹的病号服，身上瘦得没几两肉，却顶着个抛光的大脑袋。她躺在床上，双眼紧闭，肤色蜡黄，两唇发灰，难看得完全没了曾经那个小孩的模样。

妹妹今年高三，三个月前返校时因高烧不退被送往医院检查。不久后，妹妹被确诊为急性淋巴细胞白血病。

静妍时常会想，为什么不曾多抱一抱妹妹，也不至于现在看她脆弱如纸地躺在床上，自己想抱却不能抱了。

"姐姐？"床上的妹妹突然醒了。

"嗯，是我。"

"你秃了，好丑。"

"丑吗？化疗化的。"

"我知道。"

静妍哽住了，她想哭，但不想被妹妹看见。一直以来，她很少在妹妹面前情绪失控，大多时候她总是无意识地去当一个长姐。拥抱是主动的表示，是情感的外泄，是有点儿尴尬又向往的理想场面。她爱妹妹，但她不想声张，她只得故作高冷，一步步向后靠。

静妍跟母亲商量后，决定留在北京陪父母照料妹妹。她把三个月前想要考事业编的目标埋进心底，等妹妹痊愈之后再做打算。

十五天后，妹妹骨髓移植配对的结果下来了，静妍不达标，但母亲达标了。生的希望再次点燃，那天是静妍来北京后第一次在家人脸上看到笑意。

静妍问妹妹，如果有一天她不用躺在病床上了，想做的第一件事情会是什么？

妹妹眨巴着眼睛，想了许久，才慢悠悠地说："晒晒太阳。"静妍笑她没出息，却又想到母亲说过的一件事。

妹妹曾就读的小学门口有家面包店，她每天放学路过时，都会闻到从店里飘出来的香甜味道。妹妹爱甜食，却从没向母亲提过。后来，母亲察觉到她放学时总是低着头，才向她问出个所以然。

妹妹说十二块一盒的小蛋糕太贵，她不想要。

静妍记得妹妹当时老实巴交的样子，小家伙又羞又愧，两只手攥紧衣角，脸蛋红扑扑的。

## 小丹

这世上还能有什么事比高三下学期在家上网课更荒诞的？小丹闭着眼躺在病床上，突然想起了之前在网上看到的一个话题。可惜话题早已淹没在互联网无限膨胀的数据堆中，否则如今的她绝对是最有资格回答的人之一。

她本应该坐在教室里，把头埋进高叠的练习册之间，甩一甩写得酸痛的手，再趁老师不注意扭头瞄一眼后排上她所喜欢的男生。正午的阳光落在后背上，晒得人发痒。空气里弥漫着笔墨、零食，和一点点汗臭的味道。

可此刻，她能闻到的只有消毒水和病号服上腐朽的味道，还不如汗臭。

小丹已经在医院蜗居了三个月，起初她还能下地出门走走，后来随着发量的减少，她觉得自己的生命力也在跟着颜值衰退，现在整个人缩成一团虾米，弓着背侧躺在床上一动不动还是浑身都痛，还得小心以防压坏胳膊上的预留针，压坏了得换，换又得花钱。

钱是个好东西，可留给他们家的钱已经不多了。

迷糊中好像有人推门进来了，小丹微微睁眼，看到了一个熟悉又陌生的人影。

如果这人是姐姐的话，那也太瘦了。可如果她不是姐姐的话，那又能是谁呢？

小丹一时没敢出声，余光中却瞄见姐姐正一脸严肃地上下打量她，好像下一秒又要训她了一样。

她乖乖地抬一点儿头，低声叫了"姐姐"。姐姐看上去有点儿邋遢，她身上穿着一件宽大的黑色短袖，衣摆却明显空荡，头发丝浸在汗水里亮得发光。小丹记得姐姐曾经是家里最爱美的一个，自打自己生病后姐姐就像换了个人，经常像现在这样放飞自我。

姐姐见她醒了，立马将视线挪开，一边放置行李一边调侃她秃了丑了。小丹傻笑着回应，她知道姐姐没有恶意，她高兴姐姐会来看她。

只是她没想到，姐姐会答应一直留下来照顾她。

全家人得知配型成功的那天，北京下了小雨，整个医院冰冰凉凉的，但小丹的病房里却热热闹闹的。她看见皱纹在父母脸上绽开了花，心里好像有块秤砣缓缓落地。

那天姐姐也笑眯眯的，问她出院后想干的第一件事情是什么。她想到了零食，想到了在课本上读到过的地坛，想到了大都市的地铁，最后她望向病房的大飘窗，说：

"如果可以的话，我想出门晒晒太阳，那就足够了。"

## 静妍

妹妹准备进移植仓了，接下来她将独自一人在狭窄的仓内生活。据医生说，仓内配备摄像头，可供医院二十四小时监控病患，也方便家属查看亲人状况。

进仓的费用很高，高到他们的家庭根本无力承受，从借到筹地求助了一遍，总算勉强凑够。

静妍从未想过在网络的那一端有数不清的人愿意帮助他们陌生的一家。他们素不相识，很可能平生都见不到，却愿意在有着各自难处的人生中向另一个泥潭中的家庭伸出援手。静妍觉得这就是人性中不可磨灭的纯善。它可能破碎，可能残败，但它永远都在。

她哀痛自己的渺小，同时赞颂世人的伟大。

妹妹进仓前，静妍轻轻抱了抱妹妹，她抱得很小心，仿佛在碰一件易碎品。

静妍看到妹妹脸上的泪，不到十八岁的孩子怕得嘴唇都在颤抖。静妍低头在妹妹耳边轻语，话音未落，妹妹就已被护士推远了。

她回到了和父母蜗居的出租屋，手机上弹出之前视频面试的邮件，对方告知她被录用了。但戏剧性的是，因为疫情，要等到解封才允许她去上班。

静妍不甘心。她寻了大学做微商的室友，在朋友圈兜售零食糕点，白天去医院送饭处理账单，晚上回到出租屋便想方设法地在网上挣钱。她有时候会忘了自己几天没换衣服，直到闻到身上的短袖隐隐发臭，才会一洗。

母亲身体不好，来北京这段时间更是磨损得需要卧床调养，父亲专职负责做饭。医院配备了小厨房，专门供给患者家属做饭用。食材用矿泉水洗净，水果用微波炉蒸得软烂，冷冻肉不能吃，转基因食品不能碰，高油高盐皆是禁忌。静妍吐槽妹妹吃得像土皇帝，然后注视着妹妹将保温桶里的食物吃得一干二净。

有时候，她会跑去看监控，看见妹妹艰难地从床上移向便盆，看见夜里她偷偷地埋进被子里哭，看见她对着手机傻笑，看见她怕护士进来的样子。静妍跟着妹妹又哭又笑，心里有着难以稀释的酸涩。

## 小丹

移植仓很小，是一间约五平方米的小房间。小丹环顾四周，和曾经的公共病房不同，这里干净得仿佛找不出一丝污垢。雪白的墙，洁白的床，莹白的光，就连空气都没了以往的混杂气味。举起被扎满针孔的双臂，长长的输液管连着颜色各异的药水袋，整个房间就像母体内部温热的子宫，寂静，孤独，透不进一丝阳光。

这里便是被病友们称之为"希望"的地方，能进入这里的病患理论上已经获得了一半的生存概率。然而在白血病的世界里，希望只有百分之百和零。

刚开始小丹会哭，她偷偷哭了五六天，输液疼，扎针疼，下床疼。七十斤的体重落在脚下犹如质变了两倍，胳膊细得像竹竿，脸盘肿得像大饼，浑身上下充斥着"矛盾"二字。好在仓内没有镜子，小丹想。她害怕看到自己的脸，就好像看不到脸，这个身体就不是自己的。

身体上的痛苦尚可忍耐，但精神上的打击才是最折磨人的。对未知的恐惧，对生死的揣摩，小丹时常双目放空地躺在床上思考，自己生病的原因是什么。

有人说是作息的不规律，有人说是家装材料的不合规，也有人说是食物、是空气，把自然与社会原因归结个遍，最终得出结论，原因就是命。

小丹也觉得这是命，因为他们问过医生，医生也找不出原因。

隔壁仓的病友走了，就在小丹进仓后的第七天。听护士们说，是因为吃食上出了点儿小问题。

一个小问题，有可能是苹果肚脐里一点儿农药残留，有可能是冰箱里落在肉类上的一枚细菌。一个小问题有着无数种可能，它们是平常人生活中可以置若罔闻的存在，却成了白血病人的夺命刀。

那天夜里，小丹没有睡着，即便是安眠药也失去了它该有的效用。

小时候，她也幻想过无所不能，醒来后依旧能接受自己的简单平庸。而此刻，她脆弱得仿佛一捏就碎，她体会到了命运为她设置的最低限值。

她比从前更难入睡了，甚至为保护她脆弱的脑部神经，医生在她的袋子里添上了安眠药。

翻来覆去总算睡着了，梦里却全是光怪陆离的场景：血红色的高中教室，喋喋不休的班主任，散落一地的药罐，帮她剪指甲的父亲……最后在梦的结尾，她看到了一间和移植仓一般大的卧室，卧室里只有一张木床，能落脚的地方放置着两个行李箱，一黄一黑，黄色的是姐姐上大学时买的，黑色的是父母来北京前从衣柜底层翻出来的。

姐姐和妈妈就住在那间每月六百元的出租房里，源源不断地向每日需要万元的移植仓里输送着能量。

那间房子背阴，即便是酷夏七月，也难见太阳。

小丹突然想起几个月前，一家人带她去长春求医，因为新冠肺炎疫情的肆虐，医院拒收了来自外地的小丹。她记得父母双手合十的虔诚模样，半生种地的农民，拜过土地，拜过祖辈，拜过神佛，那一次因子女病苦，拜了医者。长春拒收，又换天津，来去反复，和家里所剩无几的积蓄拉锯。

小丹在梦里感到一股暖流冲上头顶。她醒了，泪流满面，愧疚与迷茫在微弱的灯光里流淌，发酵。她闻到口腔里有一股酸甜味道，酸得发涩，甜得发苦。

父母总说因为没有给她最好的而感到愧疚，但小丹觉得，在绝境中握住她双手的他们，已经将生命中最好的一切牺牲给了她。

她承受不起，她无以为报。

但她记得姐姐在她耳边轻声说的话。

"小丹，你活着就好，我不能没有你。"

姐姐要强，爱美，严厉，但姐姐不能没有她。

二十六天后，小丹顺利出仓了。

出仓那天，正逢北京下雨，姐姐替小丹戴上帽子。她脑袋光秃秃的，摸上去还有许多硬邦邦的小尖，像极了父亲下巴上发青的胡楂。

出仓是一件很奇妙的事情。小丹从"子宫"里出来，身上流淌着母亲的血。成年的孩子再度体验新生的感觉，那种罕见的情绪凌驾于喜悦之上。小丹觉得那是对劫后余生的敬畏，是她对生命的仰视。

## 静妍

妹妹出仓一段时间后，静妍带她回了出租屋。一家四口挤在一张简易的小方桌旁，静妍拿了白纸和彩笔，一笔一画地书写：

"多走路，不骨质疏松。

"多喝水，排毒。

"多微笑，好看。"

写完拿胶带粘在墙上，好像一夜回到了姐妹两人在家里贴奖状的小时候。

一米八的床躺四个人太挤，母亲叫姐姐抱着妹妹。静妍有点儿不好意思，直到妹妹慢吞吞地挪了过来。两个人都有点儿僵硬，妹妹却说自己想听姐姐读书。

那是施米特的《奥斯卡与玫瑰奶奶》，静妍读到了这么一段话："生命是一份奇特的礼物。一开始，我们高估了这份礼物，以为得到了永恒的生命。然后呢，又低估它，认为它腐烂，短暂，几乎要抛弃它。最后，人们才明白，这不是一份礼物，仅仅是一次出借。于是，我们就试着配得上这个生命。"

读完，静妍看见妹妹正盯着自己。妹妹说自己要好好活着，静妍点头，伸手将妹妹轻轻揽入怀抱。

她们争吵过、嫉妒过、怀疑过、冷战过，也拥抱过、渴望过、爱护过、珍惜过。普世之下最常见而持久的情，便是血浓于水的亲情。

所以在亲情面前，静妍无法隐藏，也不必闪躲。

## 小丹

如果说，白血病人进仓移植还是困难模式的话，那么移植结束后的排异之难必定再创新高，直奔地狱模式。

小丹出仓后的两个月里，她将自己形容为"人干"。

人确实干，从内到外的干，近六十天的断食，靠挂水打药续命，脊背凸起的骨骼像淡水鱼的刺。小丹有时候都不知道用哪种姿势入睡，侧躺皮肉扯得疼，平躺骨头硌得疼。

有时候为防炎症要大量喝水，大杯的水灌下去，再从底下出来。皮肤依旧瘙痒发裂，小丹觉得自己好像内蒙古沙碱地上的一片白土，灌也灌不出沃土。

但她记得戈壁滩上的沙枣，扎根于坚硬的岩层，枝叶缀满毛刺，摘一颗下来放进嘴里，咬开，却是清新柔绵的甜。

如果可以的话，她不要做北京城里的一盆注定凋零的绿植，她要做沙地里的一株沙枣，向阳而生，野蛮生长。

她有时候会和姐姐一起上秤，却不是比轻，而是比重，姐姐八十斤，小丹六十斤，两人比小丹进仓前，又各瘦了十斤。

后来小丹在状况稍好的时候拍了视频，那是她自掉光头发后的第一次自拍，她把美颜开到最大限度，直到屏幕里的自己都把墙角畸变了，这才发现美颜开得毫无必要。她依旧很漂亮，就像姐姐说的，可爱的人也能做可爱的小秃子。

她拍了输液的支架，从上到下给它贴上小钱袋的表情。她读了中英掺杂几千字的靶向药说明书，试图找到它们一瓶卖九千元的道理。有时候也会和姐姐谈论理想，她从动车乘务说到飞机空姐，甚至想到和姐姐一样读幼师，但最终她承认，让白血病人说理想，其实只有一个，那就是活着。

二〇二一年四月，小丹迎来了自己抗白史上的第一个周年。虽然过程可谓九死一生，但好歹走过了最凶险的阶段，接下来就是漫长的康复期。

小丹觉得自己很幸运。比起《我不是药神》中的绝望与无奈、《达拉斯买家俱乐部》中的戏剧化与荒诞，她的抗病史显得那么平凡又真实。接下来一家人将要面对高达百万的欠条与账单，生活总是这样，打一巴掌再给颗糖，普通人的生活就是苦中作乐、忧中找甜。姐姐要小丹不用担心，她会挣钱，日子苦一点儿也不要紧。小丹听着，偷偷从背后抱住姐姐。姐姐身上热热的，小丹也暖暖的。

她在春天住进医院，又在春天走回俗世。赶在五一之前，姐姐推着小丹出了门。小丹戴着帽子，却依旧被外面的太阳闪了个猝不及防，但下一刻她就笑了，是发自内心深处的笑，是抑制不住的笑。小丹曾经为了防晒涂涂抹抹，此刻却恨不得一头扎进阳光的怀抱，尽情感受那种热烈、蓬勃的能量。公园里的花开了，娇艳又飘香。人工湖旁有大叔在垂钓，红色塑料桶里一尾鱼虾也没有。人行道两侧的长椅上坐了几对情侣，不顾旁人卿卿我我。头顶上是白得耀眼的云，和蓝得澄净的天空。

若不是亲临生死，又怎能轻易赏见平凡中的美好。

小丹向姐姐借力起身，用力深吸一口气，此刻她只想闻闻花香、晒晒太阳。

# 她

▶

**作者按**

"我们远比自己想象中强大，孩子就是我们的力量。"她远离痛苦的旋涡，用抖音号"ququ5631"记录着自己与女儿的快乐日常。她是谁？

一

她站在十六层的公司窗前，一度想要从这里跳下去。

这段时间天气一直不错，阳光充沛，亮得晃眼。她往下看去，竟在那片灰白色的广场空地上看到了血肉模糊的自己。

出门前，她在小房间的厕所里照了镜子。镜子里的女人一头软塌塌的齐肩发，额前的刘海儿从中路均匀分开，露出一张病恹恹的脸。她鼓起腮帮，试图挤出一个微笑，不料两腮的隆起加深了眼袋，在顶光的加持下，像某部老电影里阴险狡诈的反派。

她出生于一九九二年，二十七岁那年，和丈夫一家住在深圳某个昏暗的握手楼①里，有个刚满三个月的女儿。她是丈夫眼里面色泛黄的妻子，是外人眼里日渐憔悴的曾太太，是婆婆眼里左右不顺眼的儿媳，也是莞莞眼里没有笑容的母亲。

她给女儿取名莞莞，希望女儿以后多笑，有一个温暖的家。想到莞莞，那个躺在摇篮里吐奶泡的小家伙，她收回了刚刚迈出的脚步，重新在窗边站定，告诉自己还不能死。

二

这是她和丈夫来深圳的第六年。

刚来的时候很穷，初入社会的两个人在城市边缘租了一间农房，夏天蚊虫多得出奇，她就和丈夫躲在十五元买的白色蚊帐里说悄悄话。他们谈到工作，谈到梦想，谈到孩子时她笑着推开丈夫，却被对方一把捞进怀里，她涨红了脸。丈夫说自己不会让她失望，她只需要再等几年。二十一岁的她在丈夫怀里缩成一只鹌鹑，然后轻轻地点了头。

可她二十七岁时，一家三口挤在不足三十平方米的出租屋里，没有窗户，没有厨房。怀孕那段时间她忍着臭气在厕所做饭，整个房间像是一个密闭阻塞的垃圾焚烧炉，在冬夜里滚滚燃烧。她开始害怕莞

---

① 握手楼：指距离过近，楼间距不符合规定的楼房。——编者注

莞的到来，甚至产生了一丝怪异的想法：在这个不见天日的小房间里，她的肚子里会不会蹦出怪物？

可就当莞莞出现在她眼前的那一刻，她便打消心中所有的忧虑。刚出生的莞莞紧闭着眼睛，小脸皱巴巴的，稀疏的毛发被棉质的绒帽裹住，远远看上去像一只棕黄色的小猴子。她从护士手里接过女儿，视线便再也挪不开了。

她当时高兴，满眼都是怀里的小姑娘，甚至忽略了病床两边面带不满的丈夫和婆婆。她只记得第二天丈夫半开玩笑地对她说："要是个儿子就好了。"

一开始她并没有当真，直到莞莞刚满两个月的那天晚上，她拖着浑身青紫的身体去派出所报案，她才明白，原来丈夫所说的话，从来都不是玩笑。

那天下午莞莞哭了，哭得很厉害。小孩的身体里仿佛有一股使不完的劲在往外蹿，声音尖厉，能刺穿头皮。她将莞莞抱在怀里耐心地哄，以至于从房间里午休出来的婆婆在她背后喊了她好几声都没能听见。

婆婆黑着脸说小孩是饿了，可她半小时前才喂过奶。她干笑着解释，最后还是被婆婆抢去了怀中的莞莞。她看见婆婆举着奶瓶不由分说地往莞莞嘴里灌去，她急得昏了头，一时间没忍住骂出了声。

她和婆婆吵了一架，吵完她有些委屈，又不想发微信向丈夫诉苦，便守着哭累的莞莞沉沉睡去。

醒来时客厅灯开着，婆婆站在高大的丈夫背后逆着光，看不清脸。丈夫回头跟婆婆说了什么，婆婆便转身回了小房间，留下她和丈夫面对着面。她刚要开口解释，却被突如其来的耳光扇倒了。

丈夫力道很大，她脑袋砸在木质的摇篮把手上，眼冒金星，一时间有点儿发蒙。她艰难地爬起身，身后的男人却用双手紧紧攥住了她的两条小腿，像滩涂上渔夫拖船那样，拖拽着她，她从摇篮上砸到地板上。头发扫过一地脏污，脸颊在混凝土地上摩擦，她的鼻子温温热热。她来不及用手去摸，又是一拳结结实实地朝她下颌打来。

她记得大学过情人节时，两人凑了几个月攒下的生活费一起去商场吃了顿西餐。那个时候，他学电影里的绅士替她拉开座椅，她心里暗暗高兴。如今，他高举着家里的塑料板凳，手背青筋凸起，劈头盖脸地向她砸去。

塑料板凳在她身旁炸开，碎片朝摇篮里的莞莞飞去。她冲过去一把抱出莞莞，小女孩被妈妈护在怀里眨巴着眼睛，唯一想到的事情就是自己饿了。

莞莞在拉扯她的衣领，她哀求丈夫，说："你等我把孩子喂完再打。"

可男人好像着了魔，杀红了眼，他大步向前，一手掐住她的脖子。她怀里抱着莞莞不能挣扎，便任由男人掌控着自己的身体，一拳一拳地砸在自己脸上。

她敞开衣襟露出上身，婴孩用湿漉漉的唇在吮吸奶水，而她一头长发被丈夫吊起。她视线一片迷蒙，心里却格外清明。

长达两个多小时的殴打中，她都没有哭，一方面是为了不吓到莞莞，一方面是她觉得自己已经哭不出来了。小房间里闷热，丈夫的手臂上沁出一层薄汗，而她瘫坐在地板上，由内而外地发冷。

凌晨一点，她独自从小房间里出来去医院验伤。医生建议她去做个 CT，她望着账单上的三位数字，最后开了一瓶外喷的云南白药便离开了。

去往派出所的路上，她打开自己所有的电子账户查看余额，走在无人的深圳街头。她想到了"逃离"。

"昨天你为什么打我那么狠？"

"我那么求你，你都没有停手。"

派出所里，她和丈夫相对而坐。在长久的沉默后，她等来了丈夫轻飘飘的三个字。

"我忘了。"

被打之后的整整一周，她都不能咀嚼食物。取下绷带的第二天，她便迫不及待地去了公司报到。

她从未如此渴望过钱，以前她挣的钱大多补贴家用，寄给老家父母，检查账户时才发现自己接近一无所有。曾经没有钱的后果无非就是磕磕绊绊凑合着生活，而如今没有钱的后果就是她要一直待在那个如地狱般的小房间里苟且偷生，逃也不能。

她可以忍受贫穷，可以忍受难以兑现的承诺，她唯一不能忍受的就是让莞莞也忍受。

莞莞三个月的时候，她升职做了主管。那天公司临时加班，她迟了一小时才到家。丈夫质问她去哪儿了，婆婆板着脸埋怨没人做晚饭，莞莞独自坐在冰凉的地板上自娱自乐。她想起前几天看到的帖子，说小朋友极容易着凉腹泻，便避开丈夫和婆婆的追问，从地板上抱起了莞莞。

莞莞手心握着从地板缝里抠出来的糖纸，献宝似的递给她，她忍不住笑了，后背却被狠狠地踹了一脚。

她踉跄着回身，正对上丈夫坏笑的脸。三十岁的男人笑得像个十几岁的少年恶霸，见她盯着自己，便一手握拳，一手笔直地指向她的鼻头，嘴里骂骂咧咧。她望着眼前这个已然陌生的男人，眼里满是绝望，心底却一片释然。

莞莞出生的那半年里，她想过无数次自我了结，每天清早她站在十六层的公司窗前，心里想的都是一跃而下。她短暂的一生会成为社交软件上的一段热门视频、公众号上的一篇推文、手机上方恼人的弹窗，然后在众人的唏嘘声中悄悄落幕，淹没在快时代的信息流里。

而她的莞莞将失去妈妈，在那个被黑色填满的小房间里闷声长大。每每想到这里，她都会立即清醒，是莞莞一次次拯救了她。

一个月后，她辞掉了工作，在摇篮里留下离婚协议书。带着背包里积攒的三万块钱，怀里抱着莞莞，悄无声息地离开了深圳，坐上去往武汉的列车。

## 三

武汉的夏天依旧很热，但相较深圳少了一分潮湿，阳光充沛，满是暖意。她给莞莞买了一辆婴儿车，每天一大早便推着莞莞去菜市场遛弯。不足半岁的小孩对新环境的适应很快，莞莞睁着黑白分明的大眼睛好奇地打量四周，几根刘海儿黏在额头上，小胳膊晃悠着，像两根刚出泥的新鲜藕。

她们在老城区租了一间平房，有窗户，客厅放着小灶台。她去超市买了泡沫垫，在老旧的瓷砖地板上给莞莞围了一圈小天地，没事的时候母女俩便躺在泡沫垫上嬉闹。又给莞莞买了几只颜色各异的小碗，时不时地变着花样给莞莞做儿童餐，从番茄龙利鱼到蔬菜蝴蝶面，她都喜欢做得漂漂亮亮的，莞莞看得新奇，她也笑得开怀。

晚上偶尔还是会做噩梦，梦里有男人的怒骂和父母的指责。半夜惊醒，她踮着脚去摸客厅门门把手，直到金属制的防盗锁在指尖滑过，她才放心去看摇篮里熟睡的莞莞。女儿蜷缩着身体，怀里抱着被角，月光透过小窗户洒在卡通花样的床单上，像小水晶一样闪闪发光。

离开之前，她预想过三万块钱不足以支撑她和莞莞在武汉一年的生活，但她四肢健全，完全可以工作，却不料意外骤然天降。一场疫情在武汉蔓延开来，"封城"来得太快，等她反应过来时，情急之下只记得给莞莞囤了几箱奶粉。

她们所住的里份是重灾区，九十人感染。莞莞太小，她不敢带出门又不放心留在家里，便极少出门买必需品，从白天到黑夜都躲在出租屋里。武汉的冬天灰蒙蒙的，整座城市笼罩在雾里，账户里的余额和房子里的时间都像被按了暂停键。她已经数不清自己有多少回带着莞莞一觉睡醒，发现外面已经天黑了。

在武汉的第一个除夕夜，她给莞莞做了奶香小馒头，自己就着酱

始FER

油拌了碗饭。莞莞戴着口水围兜吃得津津有味，碎屑掉了一路，她便跟着捡了一路。老电视里播放着春晚，红红绿绿格外喜庆，那一碗有点儿馊咸的米饭，她吃得格外开心。

四月，"封城"结束，历经重创的城市百业待兴。她找不到工作，便买了一批内衣裤出门摆摊。物件太多，她腾不出手抱莞莞，起初只能用婴儿背带将莞莞驮在背上。小推车里堆着几个收纳盒，里面塞得满满当当。

刚开始莞莞会哭，广场上人头攒动，音乐声震耳欲聋，入夏以后情况更为严重。数不清的小虫颤在小摊上方的灯泡周围，黑压压一片，时不时飞来几只蚊子在莞莞细嫩的皮肤上留下红包。她急得冒汗，又怕沾湿了货物。稀里糊涂地忙到深夜，回头才发现莞莞已经在婴儿车里睡着了。她蹑手蹑脚地用背带固定住莞莞，两手各推一辆小车，脊背向前弯曲，单薄的身躯被路灯下的树影一寸一寸地吞没。

回到小出租屋，一场暴雨不期而至，接连一周，雨水在平房门前拧成了一股支流。

有天夜里她被莞莞的哭闹声惊醒，她打开灯抱起女儿，然后在莞莞的下巴、手臂、肚脐上方都发现了被挠得红肿的湿疹。那种疹子接连一片，在小孩的身体上显得格外触目惊心。

她想起来以前的那个小房间也是如此，所有纺织品好像能挤出水来，布料被汗水和潮气打湿黏在身上，好像一团扯不开的黑雾，让人精神紧绷，不能放松。

她记得前几天莞莞在童话书里指着姜饼屋给她看。那座房子笼罩在棕黄色的暖光里，由内而外地散发着香气。莞莞指着屋顶的饼干奶声奶气地对她说："家……"

她想给莞莞一个家，一个只属于她们、没人能够侵扰的家。

# 四

五月，雨霁。出门前，她随意拍了条短视频，简单加工后，她将视频上传到互联网。

那天温度适宜，不凉不热，莞莞坐在小摊一旁的小板凳上，朝着往来的客人咿咿呀呀。

她起初没有留意手机略显频繁的提示音，直到那声音逐渐密集起来，她才后知后觉地滑开屏幕。定睛一看，她上传的生活片段竟有两百多浏览量了。视频里，她背上趴着昏昏欲睡的莞莞，手里正握着炒锅上下颠动，头发随意绾起，身穿一件松垮的黑色短袖，看上去乱糟糟的。

浏览量不算多，可她还是没忍住，激动地笑出了声。有几个熟客见她高兴，便好奇地凑过来询问。几个人凑成一圈聊了起来，一时间无人注意到身后摇摇晃晃走远的莞莞。

等她回过头时，小板凳上已经没了女儿的身影。须臾之间，她惊得大脑一片空白，四肢好像沉入泥潭，血气上涌，脸唰地红了。熟客们见她变了脸色，纷纷四下张望。她扔下小摊向前走去，好在莞莞并没有走远。她在拐角的小花坛边上，看到了正低着头的莞莞。

她本想抱上去，却在莞莞扬起的脸上看到鲜艳夺目的红色，莞莞的眼窝处被划开一道口子，血流不止。刚满一周岁的小姑娘又惊又怕，眼泪和血水交融在一起，她看在眼里，心如刀绞。

她抱着莞莞去了医院，莞莞被推进手术室后，她寻了门口的长椅坐下。她手上红斑点点，都是莞莞流的血。她看着颤抖不止的双手，终于忍不住哭出了声。

走廊上空空荡荡的，一个干瘦的女人仰起脖子，脸对着顶灯，哭得比受了伤的孩子还痛苦。

## 五

后来，她们搬了家。这次，她首先排除了低楼层的房子，最终选定了一栋高层。短视频的拍摄也逐渐有了收益。三十岁生日那天，她给自己买了个四十元的蛋糕、几份熟食，一大一小在餐桌旁吃得不亦乐乎。她切了蛋糕递给莞莞，小家伙接了过来，眼珠一转，又递了回去，磕磕绊绊地开口道："妈……妈……生日快乐。"

莞莞根本想不到自己的一句话，会成为母亲平生所收到的最珍贵的生日礼物。

过了段时间，法院判决下来了，她获得了莞莞的监护权，带着莞莞去派出所办了户口本。红色的小本子握在手里，她越看越喜欢，拿手机拍了又拍，兴高采烈地跟莞莞讲着小朋友听不懂的事情。阳光透过绿荫洒在她蓝色的长裙上，又是一个骄阳似火的夏日。

视频下方的留言越来越多，甚至有人鼓励她拍视频买代步车。她想了想，打字表示赞同，但心底又告诉自己，有了钱第一件事情就是给莞莞一个家，给自己一个家。也有人说她开始笑了，她放下手机跑到镜子前，咧嘴一笑。镜子里的女人还是两片熟悉的眼袋，但眼里有了生机。她暗自臭美，自己好像年轻了几岁。

小阳台上种了几株兰草，晾衣架上挂着随风飘动的婴儿尿布，空气中飘着丝丝柔顺剂的香味，冰冰凉凉。客厅里堆满了打包好的行李，明天她要带着莞莞去往新的地方。

未来是看不到尽头的，但就现在，她看见了家的希望。

她出生于一九九二年，今年二十九岁，带着女儿独居。她姓屈，她是莞莞妈妈，不是"别人眼里"的谁谁谁。

# 家里那个最小的

## 弟弟 ▶

**作者按**

当我们从姐姐的视角转向弟弟，或许会有不一样的发现。承载着父母更多期待而出生的那个男孩，现在过得怎么样？

一

小赵刚来北京那会儿，常被人问起家乡。小赵乐呵呵地说是张家口，对方先是一歪头，随即露出一副了然的微笑，问他张家口是不是那个有网红玻璃栈道的地方。小赵摇头说："张家口在隔壁河北，你说的那是湖南省的张家界。"

然而几年前的小赵同学只在书本上见过张家界，他最熟悉的还是那个自己长大的小地方。

老家过年喜欢串门，尤其除夕夜一过，大年初一早上天还没亮，小赵便和两个姐姐被爹妈从暖窝里扒拉出来。棉袄上面两颗牛角扣还散开着，小赵就被两个姐姐牵着出了门。大姐左手，二姐右手，小赵两个手心热乎乎的，脑子里却惦记着兜里的红包。昨天晚上三个小孩一人一个，他最小，所以每年他的红包总是以各式各样的理由被缴走。

红包就在他右边的兜里，他想去摸，可姐姐攥得太紧，生怕他走丢了似的。

乡下过年，桌上免不了摆着茶水点心。上菜之前一伙人熟络地凑在圆桌旁嗑瓜子聊天，小赵被派去和亲戚家的孩子一起倒茶水，倒完端给长辈，端了一圈他也饿了，便凑过去抓糖吃。姐姐也在摸糖，小赵眼快，抓了个他喜欢吃的奶糖，拆了包装正要入嘴，却被邻座的二姐一把抢了去。小赵张嘴落空，一副滑稽的样子。随后二姐眨巴着眼睛递了一颗玉米糖过来，说跟他换。小赵接过糖，木讷地放进嘴里，玉米糖精的味道在口腔炸开，他这才反应过来。又回头去看二姐，只见二姐正和旁人说着话，回头看见弟弟，朝他露出一个有点儿小坏又扬扬得意的笑。

电视一关，瓜子一收。厨房里的女人吆喝着开饭，年纪大点儿的小姑娘进厨房端了菜出来。先是一道微黄鲜香的蒸鸡，几根炖烂的当归软趴趴地浸在棕色的汤汁里，散发着微苦又温和的药膳味；紧接着一盘油焖大虾，虾壳被油煎得微微泛白，顶端撒了点儿嫩绿的葱花；然后又上了一道酱香浓郁的狮子头，几颗大肉丸油亮油亮的，看着紧实。几个人前前后后端了十来趟，才上齐了一大家子人的碗筷饭菜。

　　小赵惦记着那颗糖，吃得磨磨叽叽。桌对面的爸妈忙着碰杯，面前一次性的塑料杯里还残留着黏糊糊的瓜子。小赵抓了杯子捏软，回头扔进垃圾桶。再转过身拿起筷子，却见碗里多了一只鸭腿，他抬起头正对上二姐侧对着自己的脸。二姐张嘴，对口型跟他说了句"对不起"。

　　小赵噘嘴朝她做个鬼脸，心里那点儿委屈即刻烟消云散，可晚上回家他的红包还是被收了。

　　如今，世界上仍然存在许多"想生儿子"的家庭，有的人家一胎即中，有的人家要生到三四胎才皆大欢喜。

　　小赵和其他年轻人一样对于这种老一辈留下的思想劣根嗤之以鼻，但他又不得不承认现实，他就是那个家里众望所归、姗姗来迟的儿子。

　　小赵出生于一九九六年，今年二十五岁，家里有三个姐姐。

二

　　其实在二〇一二年，小赵全家来北京之前，他一直以为自己只有两个姐姐。直到某年母亲回去探亲，在亲戚家的酒席上认出了十几年前过继出去的小女儿，小赵才知道自己原来还有个三姐。

　　小赵偶尔会设想那个当时家人相认的场面，会是激动的还是尴尬的。无论是哪一种，他都略感庆幸自己没去，从某个角度来说，他觉得自己也算是三姐被过继出去的罪魁祸首。

　　当时一家人在北京租了间地下室，姐姐们和妈妈一张床，小赵和父亲一张床。一家五口挤在不足二十平方米的空间里，整日抬头不见低头见。三姐第一次来家里做客的时候，六个人围坐在角落的沙发上，显得格外拥挤。

　　之后的几年间，一家人也团聚过几次，再后来小赵见到三姐，是在父亲的葬礼上。

　　二〇一九年，已经工作两年的小赵在办公室里接到家里母亲的电话。电话里母亲声音微颤，小赵隔着手机都能想象到母亲此刻惊慌的模样，母亲说父亲病了。小赵脑袋一蒙，早上还叮嘱他中午吃好点儿的老爷子怎么还没到中午就出事了？印象里的父亲身体矫健，吃苦能干，在家里也是说一不二的存在，小赵实在无法想象父亲生病的样子。

　　他和两个同样上班请假的姐姐在医院碰了面，然后在挂号处，看到了背影单薄的父母。

　　母亲用不惯机器，姐姐便用手机在公众号上挂了号。两个老人排了一上午，竟还没一部手机五分钟操作来得快。小赵扶着父亲坐下，只见父亲面色苍白，两唇发黑，从挂号处坐电梯到门诊仅几步路，老爷子却气喘如牛、汗如雨下。

　　待手续办好，准备住院，父亲却不肯了，坚持说要回家去住。姐姐们气得跳脚，小赵也好言相劝，可一行人最终拗不过固执的老父亲，只得取了药暂时回家观察。

　　父亲得的病，叫作肺间质纤维化。小赵查了资料得知，人的肺泡是交换气体用的，它把气体交换到血液当中，人体才能得到氧气。而当时父亲的肺泡是储存不了气体的，他的肺泡上有洞，进行性呼吸困难，气体交换很有限。父亲反反复复挣扎于那种濒临窒息的感觉，还是硬撑着回了家。

那天晚上小赵将客厅的两张床贴在一起，自己脑袋抵着父亲的后背。他不敢睡着，生怕自己一觉醒来，父亲就走了。

他突然想起来，自己从来都不是一个称职的儿子。

小学的时候，一次偶然的机会，他听到父亲跟人说自己儿子以后会有出息，却没提到两个女儿。小赵默默地把父亲的话记在心里，无奈自己天赋一般，考试成绩屡屡败给两个姐姐。他一边有点儿不服气，一边又松了口气，仿佛是姐姐的优秀分走了父亲对他的注意力。

当姐姐们都考取了心仪的大学之后，小赵却以不尽如人意的成绩考入一所不太如意的学校。民办学校收费很高，当时又正值二姐要学费的时候，那天晚上小赵想了很久，然后走进客厅，跟父母说他的学费自己负责。

他本来计划打工几个月，却被学院里几个熟人介绍了一个来钱快的路子。钱到手以后小赵才反应过来，他沾上了网贷，还是那种不正规的网贷。在他没有注意还款的日子时，利息如雪球般越滚越大。等他发现的时候，手机上的数字已经远超他能够打工弥补的范围。

他不敢告诉父母，一时间他想到了自杀。

周末，趁宿舍的几个人不在，小赵反锁了寝室门。他坐在床上思考了很久，然后在网络上漫无目的地查询。白色的网页上显示出一堆稀奇古怪的方法，小赵强忍着恐惧把每个都浏览了一遍，那些字符看着没什么，组合起来却看得人心底发毛。他估算着每一种方法的疼痛程度，最后在还贷弹窗跳出来的那一刻平静了下来。

他目光落在对面的衣柜上，然后走过去从一条运动裤上抽出腰绳。绳子不粗，但握在手里很结实，小赵用刚从互联网上学来的方法在宿舍房梁上打了个结，然后一脚踩上板凳，身体摇晃着，脑袋套进了那个看上去有点儿小的圈。

他本来想放首歌让自己走得不那么孤单，谁知道歌单一换，来了首无人声的轻音乐。小赵苦笑一声，一脚踹开了脚下的板凳。

那根看上去没什么杀伤力的绳子在那一刻紧紧绷起，锋利得像是一把开了刃的刀。小赵本能地伸手去拽，绳子在手掌中心狠狠地划开一道口子。大脑充血，他脸红得像是被开水煮过，眼睑开始不自觉地上翻，在生命的最后一刻，小赵看到了小时候的自己。

在那场团圆饭的餐桌上，二姐夹了鸭腿给他。他忘记了的是，随后父亲又给两个女儿各夹了一个，父亲在餐桌上夸女儿们争气，说每个孩子都是他的骄傲。

窗外天阴，乌压压的一片，绳子从中间断开，小赵重重地摔在地上，流了一地鼻血。

小赵被父亲推醒，一时间分不清这是在宿舍还是家里。他打开灯，见父亲挣扎着起身，嘴里断断续续地叫着母亲和两个姐姐的名字。小赵明白父亲这是有话要说，便赶紧把一家人都叫醒了。

一伙人围在父亲两旁，不好的预感在小赵头顶盘旋，他拨了急救电话，却被父亲一把拽了回来。

父亲紧紧握住他的手，两眼微睁，满身虚汗，嘴唇颤颤巍巍，过了好一会儿才道："照顾好你妈……"

以前小赵总调侃自己是一个凡事都往坏处想的人，他害怕失去的感觉，便事事提前做好最坏的打算。可当有一天这个最坏的结果出现了，他却愣住了。

父亲在跟他，跟一家人道别。

救护车的声音由远至近，姐姐们和妈妈泣不成声，父亲凑在他耳边说了最后一句话，便倒了下去，此后再也没醒来。

那是小赵此生第二次感受死亡，那种近在咫尺的压迫感贯穿了他全身，他手脚发麻，目送着救护车远去。他知道那是此生和父亲见的最后一面，但他没有哭。他独自在医院办完所有手续，最后在父亲的葬礼上，他看到了许久未见的三姐。三姐面带哀伤，小赵终于忍不住跪倒在地，眼泪夺眶而出。


三


小赵曾经问过两个姐姐，是不是因为有他这个弟弟，所以两人才迟迟不结婚。大姐听完后笑了笑，二姐则是朝着他的胳膊来了一拳。随即两个人一本正经地说和小赵没关系，两人都没遇上合适的人罢了。小赵点点头，仔细想了想什么才算得上"合适"。

那时他有一个心仪的女孩。女孩外形端正，性格好，一切都是小赵喜欢的。无奈他长女孩太多岁数，在其他人眼里看起来就是不合适的一对，最终两人顶不住压力还是分手了。

父亲去世后，小赵通过考试重新回到了校园，捡起了几年未见的书本。他还找了份工作，一分一秒地填满自己的时间。

在一次大学同学聚会上，同学牵线让他认识了一个女孩。女孩穿得很干净，一副斯斯文文的样子。小赵有些心动，又在一群年轻人躁动的起哄声中冲昏了头脑。他支支吾吾地向女孩提出交往，幸运的是女孩答应了。

聚餐出来，小赵一时有点儿后悔，毕竟和女孩素不相识，却因为一场聚会被凑到一起。如果"不合适"，那就是对双方的不负责任。

好在这回他是幸运的，一段时间接触下来，小赵发现两个人家境相仿，年龄合适，就连努力方向也大同小异。他找到女孩，认认真真地表示自己想要和她发展下去。

那天，他查了存款，距离娶女孩回家，他还需要攒五年的彩礼。这笔钱足够他在老家市区交一套小房的首付，他可以与母亲和两个姐姐一起舒舒服服地住在里面过日子。可看到眼前这个拥挤的小房间，他难免惭愧。她们仨为了帮他攒彩礼而省吃俭用，不知把他送走以后，还要在这里住多久。他不忍心她们这样去做，他要靠自己的能耐去成全自己的幸福，哪怕很难。想到这儿，他心情明朗起来，他感叹活着就意味着一切皆有可能，思绪不禁飘回那个晚上……

他想起来两年前自杀失败的那个晚上，辅导员连夜将他送回了家。母亲开的门，父亲一见到他，巴掌就高高举起，小赵下意识地闭上眼睛，巴掌却始终没有落下来。

他脖子上留下了一圈很深的勒痕，乍一看上去很骇人。母亲拿药水和纱布给他涂涂抹抹，涂到一半就放下了。母亲把脸别了过去，不忍再看。父亲接过药水，在他旁边坐了下来，两人都没有说话。过了好一会儿，父亲问他疼吗，他说疼，父亲一巴掌拍在小赵后背，惊得小赵一个激灵。

父亲开始骂他，骂了很多难听的话，搁平时小赵会捂住耳朵表示痛苦，而当时他就坐在那里静静地听父亲骂，觉得自己怎么被骂都不够。毕竟自杀这件事情实在是太蠢太懦弱了。后来父亲骂累了，便握着药水站了起来，对他说，做人要负责任。何况他已经不小了，是个男子汉了。小赵轻轻点头，把父亲的话记在了心里。

家里那个最小的弟弟长大了，在父亲去世后，小赵成了家里唯一的男人。

## 四

小赵来北京九年，和蜗居在城市角落里的每一个打工人一样，他习惯了大城市表层的风光与内里的冷漠。他穿梭于忙碌的地铁之间，编织着自己的生活。然而，他觉得自己比大多数人幸运，至少他在北京有一个家，一个有点儿小，还有点儿吵，但又无比安心的家。

小赵记得自己在北京最快乐的一天，是二〇一五年的除夕夜。他照常下班，刚到家门口就看见母亲抱了口小锅正从厨房出来。小赵上前接过锅，见家里的小桌被拼凑到了一起，桌上摆着电磁炉和几只空碗。小赵乐了，母亲也笑，说他们辛苦了，年夜饭就吃火锅吧。

小赵的母亲在北京一所高校的食堂工作，手艺很好。小赵和母亲一起在丁点儿大的小案板上洗菜切肉，过了一会儿两个姐姐也回来了。地下室里空气不对流，堵得胸口闷闷的。又因着飘了点儿雨，屋内潮得能滴水。

小赵和母亲端着片好的荤菜上桌，桌上的火锅冒着白色的热气，任头顶的风扇怎么吹也吹不散。香气在小屋子里弥漫，小赵负责下菜，一家人闲聊着，吃得有说有笑。

父亲从橱柜里拿了瓶白酒出来，给小赵和自己面前一人一只小杯，透明的酒水自上而下流进杯中。小赵第一次喝白酒，入口被辛辣的味道刺得眯起眼睛。父亲哈哈大笑，小赵一鼓作气，白酒下肚，暖得他身体一抖，像触电了一样。

不知不觉中他醉了，眼前蒙了一层薄雾。他看见父亲红着脸跟母亲说话，看见两个姐姐正指着春晚里的小明星叽叽喳喳，他低下头又看见自己吃得鼓鼓囊囊的肚子。地下室唯一的小窗户开着，飘进来几缕冰冰凉凉的寒风，却怎么也驱散不了这间屋子里的暖意。

小赵不自觉地打了一个羊肉味的饱嗝，两臂一伸，倒头就睡下了。

# 五

二〇二〇年七夕，小赵计划着给两个姐姐买礼物。一下班他便直奔家附近的商场。他从前很少逛商场，提前在网上查了点儿攻略，最后在专柜前稍微迟疑了一下，便买下了两份自己都颇为满意的礼物。结账时，那个妆容精致的柜员略带羡慕地问他怎么给女朋友买这么多。小赵不好意思地摸摸头，说是给家里两个姐姐买的。

那是他第一次给两个姐姐买礼物。收到礼物时，大姐乐得合不拢嘴，二姐笑眯眯地拆开礼物，然后惊呼："这支色号我有了！"

小赵恼得拍腿，二姐却说她要了，刚好这色号她喜欢，有两支也不亏。

然后两个姐姐都凑了过来，像小时候一样握住了他的手。

小赵知道自己没有姐姐们优秀，但他想尽自己所能对她们好。

他是家里最小的那个弟弟，不够聪明，不怎么勇敢，有时候傻乎乎的，还特别好满足。小赵跟同事开玩笑说，如果他想要一个包子，却得到了一个馒头，那对他来说就足够了。

好好
告
个
别
▶

**作者按**

与主人公聊过以后，我听起了"凌峰电台"，回味着一词一句
的轻盈与温柔。此时此刻，我提起笔，愿与这位新朋友合而
为"我"。

一

二〇一九年元旦，我拨通了林小雨的手机号码。电话是他爸接
的，手机那头的男人语气疏离，没说几句就挂了。阿彤在我旁边略显
焦急地比了个手势，我摇了摇头，说林小雨的情况不太好，今晚是出
不来了。

原本我跟阿彤买了三张电影票，毕赣的新片《地球最后的夜晚》，
商量着给林小雨一个惊喜，告诉他我们没忘记年少时的约定。然后三

个人勾肩搭背、有说有笑地走进影厅，由左至右，依次排开地坐在我精心挑选的后排靠中间的位置上。可长大后发现，约定也好，计划也罢，总会被变数东拉西扯乃至破坏，连一起看场电影都变得奢侈，好像自己的生活自己做不了主。

顶灯一灭，一米宽的格子间里投射出亮眼的光柱，飞越层层叠叠的座椅上空，打在正前方影院新进口的 IMAX 巨幕上。电影还没开始，前排的小情侣在偷偷摸摸地打啵，不远处的几个人百无聊赖地刷着手机，巨幕上滚动着消防安全广告。我慢悠悠地回头，正对上那束光柱，黑暗中有细密的颗粒状灰尘在飞滚。小时候，格子间没现在的这么高，我会好奇地把手伸进那束光里，在大屏幕上看到自己黑压压的手影。后来，我把这件蠢事告诉了林小雨和阿彤。林小雨戴着眼镜，镜片后的一双眼睛笑得眯起。

我回过头，却没有在右手边看到他。那天，我跟阿彤中间空了一个位置，那是留给林小雨的位置。

前段时间，我在朋友圈刷到林小雨的一条消息，才知道他有一天毫无征兆地晕倒在地铁里，得了一种我当时连全名都读不顺的绝症。

曾经的校友们得知了这个消息，一时间对林小雨的病因议论纷纷。而我从林小雨同科室的医生同学那里，得到了较为靠谱的答案。同学说林小雨在北京租了间甲醛超标的房，加上他自身体质较弱的缘故，七七八八，"差不多就是这么个原因"。同学说得含含糊糊，我却听得极为认真。大脑中一个孤身缩在出租屋的林小雨逐渐成形。

和阿彤从医院出来，我问阿彤："如果那时候我多关心他一点儿，他有没有可能，不会患上这个病？"

## 二

社交网站红红火火的二〇〇八年，林小雨在我充了会员的空间里留下了访客记录。我当时不甚在意，只觉得对方单纯是好奇。谁知道这个 ID 为"淋小雨"的人却主动申请加我好友。出于青春期的探索欲，我毫不犹豫地点了通过。

我问他姓甚名谁，他说与我同一高中，大我一届，真名叫林小雨。我觉得这人蛮有趣，加上名字挺文艺，一来二去，我和林小雨在互相没见过面的情况下，做了两年不远不近的网友。

直到有一天阿彤带着他跟我在小城里的电影院见面，我才见到了真正的林小雨：一个戴着黑框眼镜、单眼皮、穿着格子衬衫却理了个寸头的腼腆男生。

我们看的第一场电影是一部剧情烂俗的爱情片。电影里的男女主角四目相对，俨然两副憋不出真感情才满面痛苦的模样。但台下一群人看得津津有味，阿彤更是抹起了眼泪。我摸出口袋里随身携带的纸巾给她递了过去。阿彤接过后，我朝最右侧的林小雨挥了挥手，他摇了摇头，表示自己和我一样完全找不到泪点。

我颇为赞赏地点点头回过身去，看向林小雨的目光多了那么一丝肯定。

我不喜欢回家，课余时间便总与这两人混迹在一起。

我爸喜欢喝酒，喝酒是东北人刻在基因里的习性。天冷地凉，往往只需一个晚上便能垒起齐膝的雪。他在烟草局上班，每个月总有那么几天应酬到很晚。家里阳台上点着一盏灯，我在卧室里读书，门口传来急促的叩门声响，每每这个时候我都会生出莫名的害怕。

打开铁门，还得开防盗门，头顶上方飘来一股刺鼻浓烈的酒精味，激得我忍不住颤抖。一个不小心腿软了半截，我推开门，却被门外的父亲一把抓住。

他目光如炬地盯着我，好像下一秒就会从身后掏出酒瓶揍我。我记得他从前发酒疯的样子，身材娇小的母亲在他面前根本不是对手。

我想起之前有次期末考试，我考了全班第一。拿成绩单回家给他看后，等来的第一句却不是表扬。当时父亲有些烦躁地挠了挠头，问我这个全班第一要请学生家长上台发言吗？

我本来想说要的，最后还是说了不用。那次家长会我跟老师请了假，一个人去找了阿彤和林小雨。

阿彤请我们吃烧烤，我撒了不少辣椒面，呛得自己泪流满面。阿彤笨拙地给我擦脸，我哽咽地说自己再也不要那么努力，反正也没人会在意。过了一会儿，我听见林小雨说："不对，你要继续好好读书，争取早日离开家。"

我咽下一口嚼都嚼不动的牛肉，表示赞同地朝林小雨比了个大拇指。

我依旧好好读书，做长辈眼里省心省力的好孩子。我开始计算高中毕业的日子，计划着早日独立。去远方就好，去哪儿都行，只要能够离家远一点儿。

直到那天下午，我跟父亲大吵了一架。

吵架的原因很简单，简单得有些荒谬。那天傍晚，父亲一如往常地带着一身酒气回家。他打开电视，电视里播的是中央八台黄金档的婆媳剧，父亲平日里最喜欢看军事频道。他不爱说话，也受不了婆婆妈妈的台词。他喝得眼花，脑袋一点一点地垂吊着，晃悠着，看得我发慌又不敢上前。

父亲叫母亲递来遥控器，执拗地摸索着数字"7"的按钮。母亲给我使眼色，暗示我快回房间。我不放心她一个人应付醉汉，便留了下来。果不其然，调不到电视节目的父亲将遥控器猛地砸向地面。塑料外壳碎了一地，两节五号电池翻滚着，躲进了沙发底下。

遥控器被砸碎后，我冲向父亲身前的茶几，高声质问他，企图唤醒一个酒鬼。最后随手拿起一只他平日倒酒的玻璃杯，朝地上摔了个粉碎。玻璃杯摔得一地晶莹，碰撞的声音惊醒了半醉的父亲。他不可置信地盯着我，扬起了胳膊，我闭上眼睛，却没有等到那个本该落在脸上的巴掌。

那天父亲没有揍我，母亲慌张地将我推到身后，父亲在沙发上坐了一会儿，然后起身扫干净了一地碎屑。

自那以后，父亲变了。他开始戒酒，偶尔也会一脸别扭地进我房间问问成绩，可那时我已经接近成年，早就过了拿成绩单向父母邀功的年龄。

三

高考过后，林小雨向我表白了。

我先是惊讶，然后满腹惆怅，最后带着一点儿羞恼，直白地拒绝了他。林小雨没有多问，只是在长久的沉默后敲来一句"晚安"。我一向觉得晚安是结束对话的委婉表达，便关掉了和他的对话框，闭上眼睛，我想到了曾经喜欢的一个人。

他叫七七，是我曾经的同桌。七七长了一张娃娃脸，白白净净的，看着很显小。高中那会儿我总觉得自己长得老，跟七七站一起显得尤为严重，以至于一开始我对七七的印象都带着一点儿小偏见。

我学理科，物理却不尽如人意，便向七七求助。七七倒是耐心，一本正经地给我讲通了公式。七七睫毛很长，皮肤微白，我贴得近，甚至隐隐能嗅到他身上飘来的衣物芳香剂的味道。

七七见我凑得近，也没挪开。北方的夏天很干燥，而我的胳膊上却浮起了一层黏腻的薄汗。

即便回到家我也止不住地想他，我有时候也会想阿彤，会想其他朋友。但从来都不是这种挠心挠肺的想，就好像一根毽子毛在你手心漫不经心地搔。我把七七的名字写进日记本，藏在床下的小铁盒里，还没想好到底对他抱有的是何种感情。

在认识七七之前，我觉得自己和所有人一样，是个没什么异常的普通人。在七七之后我开始意识到，我跟大家不太一样。信息略显闭塞的高中时代，我独自摸索了很久。

我邀请七七来家里做客，他成绩好，家里长辈似乎也不介意我们玩到一起。七七的父母常年在外经商，留他一个人在家，他忍受不了孤独，便时常来我家蹭饭。

意识到我对七七不止简单的同窗之谊那天，是个周末。我下楼买了点儿零食回来，见七七趴在我的课桌上小憩。我不忍叫醒他，便蹑手蹑脚地过去替他关门。谁知他翻了个面，眼睛却睁开了，他脸庞微红，拿着一张草稿纸问我为什么写这么多遍他的名字。

我一时间心乱如麻，想解释，又怕解释不清。想告白，又不确定七七的心意。我害怕被他当作心理不正常的疯子，便支支吾吾扯了个谎，说闲得没事练练字，你名字最简单。

这谎话扯得漏洞百出，说完我就后悔了。七七低头应了一句，起身准备离开。我还是没能忍住，抓住了他的衣袖，说出了那四个字。

学校的走廊上，人很多，我们肩并肩地将双手搭在露台上，吹着清凉的风。有时候，七七会用胳膊肘蹭一蹭我的肩膀，我了然地放下一只手，自然地向下垂放。两个小指尖钩起，我们在腰间系紧的校服外套下面偷偷牵手。

后来，七七随父母去了外地，我刚开始没多久的初恋就伴随着夏天里的一阵微风，悄无声息地远去，好像从未存在过，又好像一直都在。

# 四

高中毕业，我去了太原，阿彤留在哈尔滨，林小雨去了沈阳。三个人，三座城市。以每个人为中心开始发散，又各自认识了不少来自五湖四海的朋友。

然而每年春节我们都会回到老家，在这座中国北端的小城，继续我们一年一度的"常规项目"，看春节档电影。那次表白过后，林小雨坦坦荡荡地告诉我不必太介意，依旧可以做好朋友。他简单的几句话，却极有分量地打消了我心中的顾虑，我便一如从前地待他。

我加入大学广播站，开始在课间午后读一些校报新闻。新闻很无聊，多是一些我不感兴趣的内容。正巧那时候荔枝电台兴起，我便抱着试一试的心态做了第一期自己的电台，读一些书摘和情感故事。刚开始录的时候还有杂音，宿舍里几个人哄闹，我强迫自己沉下心来念，读着读着，就读了进去。从单纯用手机录音到购买专业声卡，大学毕业那年，我已经初步具备了一名合格主播的能力。

二〇一四年，我经历了第二次恋爱，他是我大学学长，毕业准备留学。学长劝我一同留学，读一年的研究生一起毕业。我不想让他失望，我尽力去尝试了，却没等来那一纸公费留学的通知书，便想到了自费留学。

上大学以后，父母很少跟我联系，印象最深的一次还是家里的刷卡机坏了，母亲打来电话问我怎么弄。我哭笑不得，还是没把留学的想法说出口。

几十万支撑的爱情与梦想太过昂贵，显得不太纯粹也不那么忠贞。

我选择去北京工作，学长独自去了美国。我觉得一年不算漫长，值得为某个人等待，而我等来的却是一条比电影还狗血的短信。短信寥寥一行字："你们已经分手了，别再缠着他了。"

电话里学长打着哈哈，说那个人不懂事，要我别介意。我伤心了一阵，然后对着学长的微信默默地骂了几句，迅速把对方拉黑，一刻都不想再纠缠。

在北京几年，业务逐渐熟练，电台粉丝稳步增长。看上去混得还行，又总觉得一无所有。有一年春节没回家，我等了一天也没等到父母的电话，除夕夜便主动打了回去，是母亲接的。电话那头母亲语气匆忙，说她正准备着年夜饭，待会儿一堆亲戚要来。我一声讪笑，说那你忙吧，有空再打。母亲习惯性地留了句"再见"，可一直到大年初七都没再打来。

后来林小雨跟我打电话，说他要来北京工作。他行李太多，问能不能先往我这里寄一点儿。我答应了，他寄来的却是一只单手就能握住的小纸箱。

我有点儿不解，从阿彤那里得知他其实只是想知道我的地址。从那以后我便很少与他联系，他依旧会像曾经一样每天跟我发一句"晚安"。他话不多，也不纠缠。我沉浸在自己的世界里，直到那天在朋友圈得知了他生病的消息。

一开始我跟阿彤去看他，他还能从病床上蹦跶下来，跟我们去外面吃饭。后来见面的次数越来越少，他变得愈加没有精神，原本留长的发型又被剃成了寸头。后来他们一家去了天津的血液研究所，辗转各地，求医问药。

二〇一九年春节前夕，我和阿彤去医院见了林小雨最后一面。说是最后一面，其实是我们被挡在重症监护室的门口，隔着一小块圆玻璃瞧了他许久。林小雨盖着被子，戴着氧气罩，看不大清。他一直戴的黑框眼镜放在床头，是我在那个画面里见到的最熟悉的物品。

七天后，林小雨走了。

# 五

后来我一直单身，单身到阿彤都觉得不妥，便硬拉着我见了一个对象。我们吃了几次饭，见了几次面，有阿彤在场的时候，我都觉得还算愉快。

直到有一天我独自把他带回家，我看着电视，他看到一半说口渴，去冰箱拿了瓶饮料，没过一会儿又去摸零食。他穿着我超大码的睡衣在电视跟前不停地走动着，明明只是一件小事，我却异常烦躁，觉得他很碍眼，又知道他根本没错。我拗不过内心的矛盾，便拿了钥匙，自己下楼清净一会儿。

北京的夜空被灯光打得红亮，别提星星了，连大片月光都隐没在林立的高楼背后。这一刻，我想起了林小雨。当年，他劝我好好读书，离开了好独立。可等我独立后，他彻底离开了，都没与我真正告别一场。他的"不辞而别",使我怅然若失。为了不留遗憾,我们在匆忙的人生中该如何相互珍惜?我想,至少在离开时该好好告个别吧。

几座周边的楼宇相继熄了景观灯,天际线暗淡下来,夜幕上点缀了几点微光。"嘒彼小星,三五在东",无论灯光是亮是暗,你们都在。

我望向自家的窗口,通亮通亮的,然后告别小星,一头扎进了门厅。

# 第二章

# 一棵树的
# 独白

/

**凉子访谈录** ▶

这五位主人公，就像是生长在我们身旁的一棵大树，点缀着人间。

晓静如同这树根，埋在原生家庭几近密闭的土地里，渴望着水和阳光。言朴的理想是这树干，可制造美好，亦可燃尽自己。小欢的画笔是那伸展在天空中的树枝，在现实世界里不断地向上生长。一阵风起，落叶纷飞，带走了雅南逝去的婚姻，她在等绿叶的新生。阿辉把梦想挂在树上，结成果实，却无人采摘，因为还没有人知道它的价值。

多希望路过的人啊，停下匆忙的脚步，在树旁依偎片刻，聆听它的心声。

——橘十三，本章作者

我将用一生治愈童年 ▶

**作者按**

有人一生被童年治愈，有人一生都在治愈童年。没有被人疼爱过的前半生，她该如何过好这余生？多想穿过文字去抱抱晓静。

一

凌晨一点，晓静一个人躺在出租屋的床上，辗转难眠。为了和母亲的这次见面，她一直在给自己做心理建设。从上一次在家里不欢而散之后，她已经快两年没有见过母亲了。

这次见面是晓静自己主动联系母亲的，由头是要母亲给她送一些家里的衣物。见面的地点并不是晓静现在住的出租屋，而是她工作地点附近的图书大厦门口。

其实给母亲打完电话后，晓静就有些后悔了，因为她不知道见面后该说些什么，该以什么样的表情示她。毕竟在晓静快四十岁的人生里，这个女人从未给过她一丝想要的温暖和疼爱。

## 二

一九八二年，晓静出生在东北的一个边陲小城，母亲生下她的第二天就去上夜班了。父亲是一个纨绔子弟，整日游手好闲。

父亲看到晓静的第一眼，大失所望，没有一丝为人父的喜悦。在这个重男轻女的家族里，父亲一度以晓静是个女孩而感到羞耻。在他看来，这个女娃的出生，是他生活一切不如意的源头。

远在北京的爷爷奶奶得知了长子产女的消息后，也对他们不闻不问，冷漠至极。在晓静的记忆里，爷爷奶奶从未给过她隔辈人的亲热。她记得很清楚，爷爷总是把自己喜欢吃的、好的东西留下来，然后把不喜欢吃的、不好的往晓静手里塞。

祖辈的家世很好，尽管早已没落，但爷爷也做了一辈子的"少爷"。他对自己的三个孩子很少关心，更不用说孩子的下一代了。在这个等级分明的家族里，爷爷有着至高无上的权力。父亲作为长子没有达成他生下"皇孙"继承家嗣的心愿，因此他们把所有的戾气都给了这个仅仅因为是女孩的晓静。

晓静出生后不久，母亲的工作更忙了，白天她要照顾孩子，傍晚还要赶到单位去上大夜班，一直到次日早晨。很多时候母亲下班回来，看到躺在床上哇哇大哭的晓静，全身都被尿湿了。孩子因为太饿，小嘴一直含着手指，眼泪流个不停。母亲一边给晓静喂奶，一边清洗床单衣物。

冬天的水冷得刺手，母亲的手搓得通红。而躺在隔壁房间的父亲还在打盹儿，女儿哭了半宿，他也没有伸手抱过一下。自从晓静出生后，父亲就没有跟母亲在一个房间睡觉了。他一个人睡在有暖气的大卧室，而晓静一直是母亲一个人带着睡。哪怕晓静生病感冒，父亲也没有看过一眼、哄过一句。

在这个没有一丝爱的家庭里，祖辈父辈们把家族没落的一切由头归结于晓静的出生。

晓静常想，如果现在还是封建社会，那么母亲就是父亲的仆人。从小到大，晓静看到的是母亲对父亲百分之百的服从和听命，她没有过一丝反抗和抱怨。这种服从是不分青红皂白的，不论对错，哪怕面对自己的孩子，母亲也永远站在父亲那一边。

在晓静三岁那年，她看到别的小伙伴都有大白兔奶糖吃。她犹豫了一上午才敢跟父亲开口要钱，结果被父亲痛打了一顿，最后糖也没吃着。父亲是真打，晓静的手上和背上留下了赤红的疤痕，而站在一旁的母亲没有张口替孩子说一句话。

六七岁的时候，晓静刚上一年级，有一次放学前，老师要求同学们隔天都带五块钱过来，购买上手工课的工具。晓静知道问父亲要钱是触他霉头的事。那天放学回家后，她特别勤快乖巧，主动帮忙收拾桌子和洗碗。

晚上，她去父亲的房间要钱买工具的时候，父亲高谈阔论，笑着说咱家什么工具都有，于是从家里的杂物间里拿出了几把工具给她。钳子、尺子、钻子，这些工具对小孩来说并不懂，她不知道这是大人用的工具。

第二天，她满心欢喜地拿着父亲给的工具去了学校。结果同学们用异样的眼光看着，紧接着是此起彼伏的嘲笑。那一堂手工课，她是唯一一个没有花钱买工具的孩子。

父亲对她的这种"家暴"，在晓静的童年里是家常便饭。父亲哪天不高兴了就会拿她撒气，语言羞辱是其次，一动手就是猛烈踢打。她不敢顶嘴，也从未反抗，她以为这一切是每个家庭的常态。

在那漫长的十二年里，晓静这个小小的躯体总是蜷缩在角落里，如一个被人逼退躲在墙角里的小老鼠，她的眼里充满了恐惧和害怕。而她的周围，无人可求，这个小小的身体无数次被人拎起来，扔到门外。

三

二十世纪九十年代初期，晓静那会儿还在上小学，他们一家三口搬回了北京，是爷爷要求他们回来的。祖辈们考虑到自己年纪大了，身体也没有以往好了，需要子女的照顾。

爷爷退休后，让父亲顶了他的班，这是一份轻松且收入不错的工作。爷爷也给母亲在北京安排了一份校医的工作。

搬家那一年，晓静以为在爷爷奶奶的屋檐下，父亲的行为会有所收敛，哪晓得噩梦才刚刚开始。

在一家人合住的院子里，晓静的一言一行都被他们监视着。桌上摆放的大白兔奶糖，是晓静的最爱，可是她从不敢去拿。她也不敢大声和人说话，在他们这个大家庭里，容不下一个女孩，容不下她该有的童趣。

一直到现在，晓静都觉得自己是一个没有经历过孩童时期的人，感觉从出生开始她就这么大了，会用大人的心态去考虑问题。

母亲常在她耳边说，不要和父亲计较，因为父亲还小，还没有长大。

可是晓静听不明白，明明自己才是小孩啊，父亲为什么要和一个小孩计较呢？后来她长大了，她知道了这个世间还有"巨婴"和"啃老"这样的词。

父亲是一个要皮要脸的人，人前一套背后一套。在外人面前，他要做一个慈父，一个懂得如何教育女儿的优秀者；在家人面前，他要做一个孝顺的儿子。其实父亲这种小把戏，根本蒙不过别人，只是在自我陶醉。

刚上初中的时候，晓静人生中第一次来了例假，有一次扔在厕所里的卫生巾被父亲看到了。父亲觉得晦气，把她赶出了家门。在晓静被轰出去的那一刻，父亲的嘴里仍然没有饶过她，他在咒骂眼前这个女儿怎么不是一个男孩，如果是一个儿子，家里就不会出现这种晦气的东西。

晓静拖着疼痛的身体，背着书包，第一次走出了家门。母亲追在她的身后，手里提着一床被子。当晓静从母亲手里接过那床被子的时候，她开始了学生时代的寄宿生活。母亲从口袋里掏出了五十块钱塞在晓静手里，要她先去学校住段时间，等父亲气消了再回来，还再三嘱咐她不要埋怨父亲，要多理解父亲。

在初中那几年，没有父母的关心和庇护，晓静独自一人默默承受了来自同学的不友好和欺辱。她没有声张，那些拳打脚踢对她而言，已经习惯。她也没有去反抗，这一点像极了她的母亲。孩子是父母的影子，她在潜移默化中越来越像母亲了。

已是北京快立冬的时节，气温骤降，晓静还在宿舍里睡着凉席，家里没有人想过要给这个被赶出家门的孩子送一床垫被。同宿舍的同学看着这个整日沉默不语的"异类"，觉得可怜又好笑。

在一个孩子成长的青春期，其实别人的想法都不重要，重要的是父母能给予什么样的看法和帮助。而晓静的父母，缺席了她的整个青春期。

中考那几天，其中一门是开卷考试。开考的那天早晨，晓静的科目参考书被同学偷走烧毁了，晓静变成了闭卷考试的考生，自然考不过别人，重点高中落榜了。

初中结束，她拿着普通高中的录取通知书回到家。父亲看着这个一直低着头的女儿，拿起桌子上的书刊朝她砸去。晓静跑回了自己的房间，锁上了小锁。她站在镜子前，双手捂着自己的嘴巴，失声痛哭起来。

那一刻，她看着镜子中的自己，这个已出落得亭亭玉立的姑娘，好像有些长大了。她恨自己，为什么不快点儿长大，为什么不快点儿变得强大。

其实在晓静的心里，并不是从来没有渴望过父母的疼爱。曾经有很多时候，看着别人一家三口其乐融融，她也幻想过，幻想有一天父亲会觉醒于这一切的所作所为。在初中之前，她还是相信的，她相信母亲嘴里的父亲还是爱着自己的，只是他疼人的方式不一样。

可是后来，晓静真的长大了，心里也挂了岁月的苔，有了分量和湿意。

高中和大学，父亲没有给晓静掏过一分钱学费，她的生活费和学费都出自母亲上班的工资。准确地说，晓静从小到大的学费都是母亲一个人掏的。

如果说到恨，她对母亲不恨，更多的是看不起。这个活在封建旧社会思想中的女人，连自己的女儿都无法保护的女人，在一个男人面前活得如此卑微谨慎的女人。她打心里看不起这个女人。

## 四

二〇〇三年，晓静从大学顺利毕业。刚参加工作时，由于是新人，加班比较多，夜班的工作都排给了晓静。她不会拒绝，别人给的负担，或者说是痛苦也好，她全都接着。这种从原生家庭带来的逆来顺受的习性，在她身上暴露无遗。

有一天早晨，晓静像往常一样上完夜班回家。家里来了客人，是父亲的一个老朋友，她打完招呼后就去房间睡觉了。连着两个夜班，晓静实在太困了。客人见这个情况，也没多说，就回家了。

结果就是这样一件事，她被父亲痛骂了一顿。在父亲看来，这个女儿没有把自己放在眼里，他觉得是晓静把自己朋友赶走的。就在父亲这样一次次的无理取闹和臆想中，晓静被折腾得筋疲力尽。

在晓静二十二岁生日的那个夜晚，她有了人生中的第一次反抗。他们发生了很大的争吵。在父亲气得要挥出拳头时，晓静一把推开了他，紧接着掀掉了桌子上的生日蛋糕，她质问父亲：

"是不是只要我搬出去了，我们就可以永远不通来往？"

父亲脚跟站稳后，怒火中烧。

"就算是一个租客都要付房租和水电，你在这儿白吃白喝这么多年，不用给钱吗？你这个白眼狼，翅膀硬了长本事了，谁给你的胆子这么跟我说话！"

晓静这次也没有示弱的意思，她朝着这个男人吼道：

"父母抚养子女，是你的责任。你摸着良心问问自己，你这个父亲，哪一天尽了责任？"

父亲指着女儿，破口大骂，要她赶紧滚出去。

"我告诉你这个白眼狼，搬出去了，也是你自己要出去的，可不是我赶走你的，你有本事滚出去就永远不要进这个家门！"

晓静回了房间简单收拾了一下行李，就大步走出了这个家门。母亲跑在身后追上了她，母亲要她去给父亲低头认错道个歉，忍一忍就过去了，不至于要离家出走。

这一次晓静没有妥协，走到胡同口，她拦了一辆出租车，准备上车前，她回头质问跟在身后的母亲：

"要忍你去忍，我是不会再忍了。妈，这是我的家吗？我是他的亲闺女吗？你为什么要给我找一个这样的父亲？你为什么要生下我？这么多年来，他对我的打骂还不够吗？妈，你心疼过我吗？"

母亲无奈地看着女儿远去，一句话也说不出口。因为她回答不了女儿的问题，这个习惯了逆来顺受的女人，终究是妻性大过了母性。

与其说是女人的悲哀，不如说是时代的悲哀。那是一个还没有女权思想的时代，这群女人，她们出生在贫穷的二十世纪五十年代，在封建的男尊女卑的旧思想里长大，没有受过多少现代教育，活在一个个男人的阴影里。她们没有主张，没有意见领袖。那个年代的很多女人为了生下一个男娃，甚至可以弃养自己的女娃。

如果这样去想，这个母亲错在哪里呢？也许她唯一的错在于，在晓静最需要被保护的年纪，没有蹲下来去抱抱晓静。这两个同时需要被救赎的女人，最终分道扬镳，好在一个已经醒悟过来，另一个却已经步履蹒跚。

## 五

二〇一一年，晓静的爷爷生病住院。爷爷生病后一直都瘫痪在床，公费医疗，子女们不需要掏一分钱。

由于是长期卧床，所以爷爷唯一需要用的就是一次性成人隔尿垫，需要长期购买。父亲在这个时候想到了晓静，于是他与兄妹商议后主动揽下了这个任务，以表达他作为孝子的决心。

几天后，父亲给晓静打了电话。这也是这么多年来，父亲第一次主动问候晓静。电话里的语气比以前缓和很多，晓静得知父亲的要求后也没有拒绝。

在她心里，爷爷虽然从来没有抱过她，也没有喜欢过她。晓静记得，父亲每次抽打她的时候，这个爷爷也是在旁边叫嚣得厉害，但是现在他老了，人本能的善意让她原谅了爷爷。

晓静一直觉得，她与祖辈父辈们最大的不同是，她的心里还有爱，这份爱可以让她能开心一点儿地活在这个世界上。

爷爷住进了疗养院，家里就剩下奶奶一个人。晓静偶尔有时间也会回去看看奶奶，尽管奶奶从小到大也未正眼看过这个孙女。子女们为了不让独居的奶奶活得太无聊，决定给她装个网络。大家把钱给了父亲，给过好几次，晓静也出了钱，可是奶奶的网络一直没有装。

过年的时候，大家都回来看奶奶，得知父亲把所有人给的装网络钱全部装进了自己的口袋，小叔不乐意了。他跑到父亲的屋里和父亲理论，正好晓静也在。小叔说出了爷爷养老金事情的真相，这一切让晓静恍然大悟。

原来爷爷每个月的养老金有一万多块，除去给护工的七千块，剩下的钱是大家决定给爷爷买隔尿垫的。然而剩下的钱一分都没花在买隔尿垫上，全部进了父亲的口袋。晓静默默地买了这么多年的隔尿垫，家里却没有一个人知道她的好。父亲隐去了晓静的一切付出，"孝名"和"钱财"双丰收。

大年三十那天晚上，晓静回到了自己租住了很多年的出租屋。这个不足十平方米的房间，有着她全部的家当。她躺在地上，让眼泪流过眼角，顺着耳边滴落在地板上。为什么？与其说是父亲的欺骗让她伤心，不如说是从未得到过父爱这件事让她心灰意冷。

她很累，这个本该有着幸福婚姻的年纪，即将迎来四十不惑的女人，竟还在舔舐着这份原生家庭带来的伤疤。她暗暗发誓，告诫自己，绝不再买爷爷的隔尿垫了。

次月，父亲给她打来电话。

"爷爷的隔尿垫没有了，赶紧买了送过去。"

"你自己去买吧，我不会再掏钱了。"

"你这个白眼狼。花你几个钱不得了了，你挣的钱是要留着进坟墓啊！"

"爷爷剩下的养老金去哪儿了？"

"你管那么多呢，一把年纪不结婚，真是不知羞耻！利欲熏心，只知道钱！你这个不孝种，就等着孤家寡人进坟墓吧！真不是个东西，还敢质问老子！"

…………

电话那头的谩骂声难听刺耳，晓静主动挂断了父亲的电话。挂断电话的那一刻，晓静的心里竟有了一丝开心，这一次她绝不让步。

其实晓静并不想做得那么无情，她只是觉得这不是一件理所应当的事情。这是她对爷爷的一份孝心，反倒让她成了父亲嘴里推卸责任的不孝种。当然，她最接受不了的是成为父亲道德绑架下的工具。

晓静的前半生都是在为了逃离父亲而活着。现在她想好了，下半生要为自己活了。

她不惧怕爱情，但是她还没有做好承担婚姻的准备。也许未来有了属于她自己的小家庭，有了自己的孩子，这一切也会慢慢疗愈吧。

"不是所有的父母都会爱自己的孩子。"

多希望这永远是一个伪命题，一旦它成了真命题，这个世界将会有多少被辜负的童年啊。

## 六

从西单地铁口出来，迈步下台阶，晓静把自己裹得严严实实，口罩遮住了她的半张脸。她戴了帽子和墨镜，这些东西让她藏住了自己所有的情绪。

在不远处，她看到了那个熟悉的身影，矮矮的，瘦瘦的。母亲单肩挎着一个布包，手里提着一个行李袋，里面装满了晓静的衣物。

晓静走近了她，却没有喊她一声。"妈妈"这个称呼，似乎让她有些难以启齿。但当母亲就站在她面前的时候，她的眼泪就控制不住了，在脸上一通狂流。

晓静接过了行李，母女俩安静了一分钟，谁都没有说话。这一次母亲也没有再劝晓静，也没有提父亲这个人。母亲打开了布包，从里面拿出了一袋大白兔奶糖，塞在了晓静手里，便转身要走。

看着母亲趔趄地走了几步，晓静叫住了她，问：

"妈，你的脚怎么了？"

母亲回头看着晓静。

"刚刚来的时候，不小心扭了一下。没事儿的，你回去吧。"

晓静走过去蹲下来不放心地看了看，然后打开手机叫了车。

"我给你叫辆车送你回去吧。"

母亲又往前走了几步，坚决要自己走。

"不用，没事儿的，不要乱花钱。太冷了，你赶紧回去吧，别冻着了。"

网约车停在母女俩身边，母亲坐上了后座。晓静打开车门叮嘱司机，让他待会儿下车时帮忙扶一下母亲，司机看了看身后的老太太，夸她好福气。

地铁 1 号线上，晓静坐下来，将行李袋放在了脚后。她紧紧地抱着手里的糖。这是她这四十年来感受到的，母亲给予的第一份温暖。

她不恨了，从今往后，她决定用自己的余生去治愈童年。

# 为中医之崛起而读书

**作者按**

心之所向，素履以往。李言朴，乐观年轻的中医女孩，有着被人羡慕的职业理想，却也有着不为人知的努力和坚持。

一

二十六岁的李言朴，有着与很多同龄人不一样的地方。她不爱喝奶茶，更爱喝茶或喝奶；她不喜欢打游戏，更爱研究病例；她极少去娱乐场所扎堆，更喜欢独处养心。

李言朴常常自嘲是一名普通到极致的女孩。她认为自己这二十六年的人生里，并没有惊起过什么波澜，而且至今也没有值得托付终身的心上人。除了学习中医，人生乐趣寥寥无几。

然而，这个看似普通的女孩，却用热爱与努力，一路狂飙。她这一路走来的人生历程，简直自带特效和光芒。

一九九五年秋天，小言朴出生在浙江温州瑞安的一个小乡村。父亲是一名货物运输工，经常跑长途。母亲居家打点零工，照顾言朴。从小到大，父母对于言朴的管教并没有那么严格，他们觉得只要这个女儿健康快乐就好。至于言朴的学习成绩，他们认为，能上大学就上，上不了读个专科也没关系。尽管家庭并不富裕，但是爸爸妈妈也从不会把过重的生活理想，寄托在言朴身上。

上小学时，言朴的书包里总是装着一些特别的东西，别的同学都在乡间疯玩，收集玩具。而言朴却有一个特殊"癖好"，喜欢收集那些中成药的药盒说明书。她喜欢去看那些说明书上的配方，其中的成分她是不知的，但是她会去比对它们的不同之处，研究它们的组合规律。这些成了她童年最好玩的游戏。

她常常会跟母亲询问这其中的奥秘，但是母亲哪里答得出来。她看着这个懵懂又好奇的女儿，会心地笑了。就是在父母这种没有施压的环境下，小言朴一天天地长大，也养成了随遇而安的品性和洒脱。在她小小的心境里，无忧无虑，万物可爱。唯一让小言朴难过的是她的奶奶。

言朴的奶奶身体不好，经常要去镇上仅有的诊所看病买药。年幼的言朴喜欢跟在奶奶身边，常常陪着她一起去诊所看病。

镇上的诊所不是很大，但是麻雀虽小，五脏俱全。里面分为中医和西医两大块，虽说是分开的，但因环境有限，也都挤在了一起。西医诊区里有一些正在输液治疗的病人。而来看中医的，一般是先让坐诊的老中医了解完病情后，拿着他们写下的方子，再云药铺抓中药。当然，也有一些自己带着方子来抓药的人。

言朴记得很清楚，第一次跟着奶奶走进药铺时的情景。她看着那满墙的货架和陈列品，惊讶不已。她心想，眼前这一墙密密麻麻、大大小小的匣子里，装着什么样的宝贝呢？

她看着药师们接过方子，熟练地配药捡药，觉得这是一件多么好玩的事情。她有很多疑问，比如这样的一些东西配在一起，熬汤煮水，就能治病吗？

半夏、丹皮、甘草、苏叶、栀子、莲心……

这些名词一个个地闪现在言朴的脑海里，生活中常见的东西按照一定比例组合在一起，喝起来味道奇苦无比，却治好了很多人的病，也给一些人减轻了痛苦。

那时的言朴百思不得其解，这些疑惑一直在她心里沉淀堆积。她也不会知道，这些疑问需要她用一生去实践，才能得出答案。

二

二〇〇七年，言朴到了县城上初中。一次班会课上，老师要求同学们说一说自己的梦想。言朴举起了手，当着全班同学的面说出了自己的梦想，她想要成为一名中医。

这个想法引得全班同学哄堂大笑，在孩子们的世界里还不知道中医是什么，他们以为所有的中医都是白花花的古板老爷爷。然而言朴并没有在意大家的笑声，她把"为中医之崛起而读书"这几个字，刻在了自己的课桌上。她内心很笃定，未来自己一定会成为一名中医。她要去寻找答案，解开自己的疑惑。

当然，她还有一些私心。奶奶常年受病痛折磨，她想通过自己的努力，将来能医好奶奶的病。

言朴的学习成绩尚好，但不算拔尖。中考那年，市里的重点高中来他们学校招生，往年一直都是录取五人，那一年录取了七人。那次考试，李言朴刚好是第七名。言朴觉得自己是有运气加持，从她想成为一名中医开始，人生就像开了挂，所有的好事都给了她。其实哪有那么多刚刚好，她只不过是在自己坚持的地方默默用了功。

重点高中果然名不虚传，各个地方成绩最好的学生济济一堂。言朴的学习成绩并没有在成绩榜上发光，她经常在班级的中游上下徘徊。由于偏科严重，又是中等生，没有特别的才华和文艺特长，在大多数同学和老师眼里，她也仅是普普通通的女孩，再平凡不过了。

但是这一切并没有影响言朴想要学习中医的想法，她告诉自己，哪怕考个普通的大学，只要能学习中医，她便知足了。后来发生的一件事，让她更加坚定了自己的初衷。

高二那年，班主任把言朴叫到了教室外面，她告诉言朴："你的母亲来过电话了，你的奶奶昨晚去世了，要你回家一趟，你去准备一下吧。"

言朴含着泪水回到了家，看着堂屋里挂着奶奶的照片，全家都沉浸在一片悲伤之中，在家里再也寻不到奶奶的身影，这是她有生之年第一次感受到死亡带来的恐惧。

她和母亲一起收拾着奶奶的遗物，奶奶的床头还码放着很多药，有些药还没有吃完，人却已经走了。多少个被病痛折磨的夜晚，这位瘦小的长者在与病魔苦苦搏斗。在奶奶的房间抽屉里，还整整齐齐地存放着很多药品说明书，这些是奶奶对这个孙女最后的疼爱。

如果夜里有风吹凉了你的脚，那是你思念的人来过你的身旁。奶奶去世后，言朴开始整夜整夜地失眠。她常常半夜醒来，再也无法入眠。

言朴陷入了深深的自责，她开始否定自己，怪自己还没有能力去治好奶奶的病。她也开始怀疑那些大大小小的盒子，那些七零八碎的药材，那一碗碗苦不堪言的黑色药水，这些东西并没有挽救奶奶的生命。她甚至开始怀疑学习中医的初衷，从奶奶去世的那一刻起，言朴觉得自己好像失去中医，也失去斗志了。

而她心里的另一个自己，却又不断地告诉她："继续下去，去挽救更多的生命。"

也许正是另一个自己说服了她，她决定去打开中医的大门，从此，探秘这条生与死的界线。

后来，言朴扎进图书馆，去翻阅大量的关于中医理论的知识，还有很多哲学方面的书籍。从书海里她得知了一些真相，中医不是一门技术，更多的是一种经验。中医治疗的过程是需要不断辨证的，而这些需要厚实的理论知识做基础，丰富的临床经验做铺垫。

就这样，李言朴像是拿到了打开这道门的钥匙。随着探索的深入，她越发喜欢上了这个专业。常常在悟到中医知识的精髓而兴奋时，她会给予自己一些信心。也许未来的某一天，她——李言朴，真的会成为延长别人生命周期的人。

三

二〇一三年，言朴如愿考上了自己喜欢的中医专业。大学在武汉，这也是她很喜欢的一座城市。在大学里，她遇见了自己一生的恩师。

大学期间，言朴在学校里勤工俭学，帮着图书馆的老师一起整理书架，她干活的速度永远是最快的。有一次，一位长者来图书馆借几本跟中医药理有关的书籍，便请她帮忙。

言朴很热心地帮着长者找到了这些书。这些书都是言朴翻阅过的，找的速度当然快些。长者看着这小姑娘的架势，觉得很是努力，是学中医的好苗子，便决定带着她去坐诊学习。

第二天，言朴早早地来到了约定的地点，不承想这位长者是学校德高望重的谭军教授。能够跟着教授坐诊学习，言朴在心里暗自欢喜。

跟在教授后面学习的每一天，是言朴大学生活里最开心、最富足的时光。病人到访时，教授都会先问言朴怎么看，如果说对了，教授会很高兴；如果说错了，教授也不会责怪，而是耐心地讲解给她听。

有一次一位病人来访，急性胃炎导致他浑身发痛，大颗大颗的汗珠沁在病人的脸上，看得出来他疼痛万分。教授刚好临时外出，还没有到诊。病人的家属找到了言朴，寻求她的帮助。言朴急得手忙脚乱，这是她第一次独自面对病人，正慌乱时，教授刚好进来了。言朴看见教授，结结巴巴地交代了病史，然后把病历本慌张地递给了教授。教授见状，笑着对言朴说："急什么，瞧病这事不能急，得一件一件做。你都急了，病人看到后会怎么想？"

言朴站在旁边认真地听着教授的教诲，汗水握在手心里。

教授娴熟淡定地处理完一切，等人都走了之后，他回头看着站在一旁的言朴，语重心长地说道："给人治病，很多时候治的是心。病症不是一时的，而是连续性的，我们医者能做的就是最大限度地减轻病人的痛苦。即便无能为力时，也要给病人送上更多的祝福，而不是让他们看到医者的担忧。道阻且长，年轻人要稳定好心态，遇事不慌乱。"

这段话让言朴记忆深刻，像是把握住了医者的主脉。那天之后，言朴像是换了一个人，以往急躁的性格变得温和多了。

谭教授非常平易近人，经常带着学生们回家吃饭。师母的厨艺很好，每次都做一桌子饭菜招待学生。言朴也经常去蹭饭，教授吃完饭后就会跟她讲一些当年的故事。原来谭教授还参加过抗美援朝的医务工作，震灾、洪灾、非典疫情，在国家一次次渡劫的关键时刻，他都挺身而出，上了一线。这让言朴更加钦佩不已，大爱无疆，也许这才是医者的真正魅力。

每当谈到中医的话题，这位八十多岁的耄耋老人，就会骄傲不已，眼里泛光。言朴明白，这是发自心底的热爱，他真正地将一生奉献给了中医。

本科的最后一年，言朴每天去教授家里等他一起去上课，看到教授下楼了，就会赶紧上前去接过他的提包，一路听着教授讲述着各种疑难杂症的治疗方法，这是她进步最快的一年。偶尔教授也会把诊位腾给她，让她单独面对病人。正是教授给予的一次次实践历练，让言朴的专业技能突飞猛进，成为学院里的佼佼者。

在大学这些年，教授也一直鼓励言朴继续学习深造，鼓励她去考更好的中医院校，把基础打牢，才能在临床中大胆创新，减轻病人的痛苦和负担。

教授常对她说："学习中医，没有诀窍，唯有虚心与刻苦。"

教授的话，言朴铭记于心。她照做了，研究生的考试她考得很好，获得了上海中医药大学硕博连读的机会。拿到通知书的那一天，言朴兴奋地去找教授，第一时间分享了她的喜悦。

教授拿着通知书欣慰地笑了，嘴里念着："很好，很好，要继续保持。中医的未来就靠你们这些年轻人了。永远不要忘了作为一名医者的本分和良心！"

言朴不会忘记，她记得自己的使命。她想起了小时候跟着奶奶去诊所，那一排排整齐的药匣子立在墙上，此刻这些匣子在她心里，全部被打开了。

# 四

二〇一八年，言朴拖着两个箱子来到上海求学，一个箱子里放着简单的生活用品，另一个箱子里码放着这些年收集的成功案例和处方。

闲暇之时，言朴总是宅在实验室或者图书馆里。偶尔在周末的时候，她也会去门诊坐诊，理论与实践结合，她把握得刚刚好。言朴很感谢自己出生在这样一个和平的年代，可以将所有的时间和精力放在自己喜欢的事情上面。

对于中医这个专业，国家扶持的力度很大，政策很好，让这些平凡家庭的孩子都有很多机会去尝试历练。这是前辈们为他们打下的江山，后继的准医者们定会倍加珍惜。

言朴觉得，自己是一个无比富足的人。这种富足不是来自财富，而是来自内心。她常常与另外一个自己对话，多么庆幸，一直坚持了下来。当年的那个普通女孩现在因为中医这个专业，变得自信满满。

偶尔遇到一些难题的时候，言朴会给谭教授打去电话，询问方法，探知求真。每次言朴打来电话，教授也会变得格外开心。

寒暑假的时候，言朴会回温州的老家，给自己的亲戚朋友治疗一些疾病。父亲常年跑运输落下了胃病，言朴会给他开方治疗，见父亲的病症越发好转，言朴很开心。外婆中风后留下了后遗症，手经常会抑制不住地狂抖。言朴就自学针灸，换着方法给外婆治疗，没想到外婆的病症好了很多。每次返乡，乡里的左邻右舍都会在言朴家里围成圈，言朴也总是有求必应，一一解决他们的问题。

二〇二〇年岁末之际，言朴正在家里准备过春节。电视上二十四小时持续更新着一则新闻：新型冠状病毒悄然而至，武汉沦为疫情重地。言朴对于武汉的感情很深，这个待了五年的城市，有她的恩师和好友。

言朴看着电视里那些奔赴前线的同人，她一次次潸然泪下。有一些年轻的身影，刚刚踏出校园，便上了抗疫前线扛起重担。

这些抗疫救援的医护人员，将自己包裹在密不透风的防护服里，汗流浃背，夜以继日地工作。言朴看着他们一个个累倒在一线，心痛不已。

抗疫期间，中国中医科学院联手全国各大医校，展开了网上远程义诊的救援项目，言朴所在的上海中医药大学也位列其中。当院办辅导员把抗疫救援的项目发到班级群里时，大家都纷纷请缨。言朴也主动请愿，参与其中。

这个项目的主要目的是，从源头上减少受感染人员，针对的主要人群是疑似病例和轻症确诊病例。这些志愿者被分配在不同的组别，有针对性地了解受感染人员的病情，为武汉一线的医护人员分担了很多工作。

那几个月发生的很多事情，言朴已经记得不多了。每天大量的电话随访，她忙得不可开交。自己的表格上，每多增加一个确诊病例，言朴的心里就会多一份沉重和无奈。

在每天的病情随访中，言朴记得一位中年妇女发来的信息。这位妇女告诉言朴，自己一家四口全部被感染了，目前被分在不同的地方隔离。对只有二十五岁的言朴来说，应对这种诉求更多的是无能为力，但她记得谭教授说过的话："给病人送上祝福，而不是担忧。"

看着每天新增的确诊数据，言朴也要一次次地给自己做心理建设。面对人类遭遇的如此严重的灾难，她也有恐慌。可她知道，每个人都多贡献一份力，距离胜利就会更近一步。想到这儿，她甚是欣慰，又会全身心地投入新一天的工作中。

## 五

二○二○年四月八日凌晨，按下过暂停键的武汉重新开城。七十六个日日夜夜，生与死的考验，这座英雄的城市承载了太多苦痛和离别。

言朴和她的同学们，也获得了"中国抗疫武昌模式践行者"的称号。在言朴心里，她最放心不下的是谭军教授。疫情期间，她给谭教授去了几次电话，但都没有人接听。

二○二○年端午节这天，她看到了武汉的母校的官微上发了讣告，"令人敬爱的谭军教授永远离开了我们"。言朴呆住了，双手停在手机上一动不动。转瞬间，内心的悲伤汹涌而来，眼泪在脸上狂流。

在此之前，其实言朴的心里有过一丝这样的担忧，毕竟教授年纪大了，但是她还是劝慰自己尽量往好的方面想。

令她最遗憾的是没有办法去送教授最后一程，这种遗憾，将伴随着她度过无数个难眠的夜。

一直到现在，言朴还是无法接受教授离去的事实。她总觉得，教授就在自己身边，跟过往一样，出错了会让她再想想，答对了会夸她用功。言朴无法去设想，如果在求学生涯里，没有遇到过这样的一位恩师，她如今会怎样。

也许她会绕更远的路，才能到达现在的地方吧。

真正帮言朴走出遗憾的，是她的乡亲们。有一次，言朴过年回家，几位久病缠身的乡亲登门拜访，前来看病。言朴一一瞧病开方，送走他们后，她猛然找回自己存在的意义——治病救人。言朴重新提振自己的士气，苦练医术，遇到疑难杂症的时候，既会潜心研究，也会大胆尝试。在医人的过程中，她又看到了自己闪闪发光的目标。言朴心想，这应该是回报恩师最好的方式吧。

薪火传帮带，这也许是行医者的另一番哲学。他们把自己当作桥梁，给后辈们铺上捷径。不问来路，不追去处，这大概是作为一名医者最大的智慧。

二〇二一年，言朴已经开启了自己的博士生涯。她的母亲常常被同乡人询问育才之道。母亲哪里答得上来，但也会骄傲地回上一嘴："她生下来就是干这行的，没跑歪。"

五一期间，言朴曾经就读的高中邀请她回到故乡，参加"百名博士返乡"的活动。她站在自己曾经坐过的教室里，讲述着她的普通与不普通。这个一心想学中医的姑娘，如今已经如愿以偿。最后，她笑着告诉学弟学妹们：

"不要害怕传统文化的枯燥，要敢于去斗争，欢迎未来报考中医药大学。"

二十六岁的李言朴，与很多年轻人有着不一样的地方。她学习中医，并且热爱中医，未来她将把一生投入在中医事业上。对言朴而言，这也许是一种幸运，但更多的是她为之付出了不为人知的努力。

# 我还不是一个画家 ▶

**作者按**

他是一个画家，他也不是一个画家。当梦想照进现实，我们该如何选择？吴小欢在爱与回忆里，拿起画笔，执念前行。

一

一九八八年，吴小欢出生在江苏盱眙县一个叫古桑镇的地方。母亲在相继生下两个女儿之后，终于在三十岁的时候盼来了这个儿子。她写信给远在千里之外的丈夫，告知了喜讯。

也就是在吴小欢出生的那一年，在部队当运输兵的父亲出了车祸，落下了腿脚不便的后遗症。再也开不了车的父亲，从部队退伍回来，面对着这一家人的生计，他陷入了窘境。

那时候的农村还不是现在的模样，家家户户大部分还是靠天吃饭的。母亲看着日益消瘦的父亲、三个嗷嗷待哺的孩子，便经常回娘家借些口粮。

在小欢两岁那年，外婆牵来了一头牛，这头牛便成了吴家唯一的收入来源。春耕秋种，老牛在一片土地里来回盘旋，它踩下的每一脚都是吴家的希望。家里人把这头牛看得很重，夏天怕牛热着，就养在最凉快的堂屋里；冬天怕牛冷着，就养在最暖和的厢房里。

等小欢到了上学的年纪，每天放学后是他最开心的时光。他总是背着书包等着两个姐姐一起放学，然后三个人一起去麦田里拾麦秸，或者去玉米地里捡玉米秸。这些都是老牛最爱吃的草料，姐弟三人每次都把书包塞得满满的才回家。小欢的手偶尔被锋利的叶片划伤，姐姐们会心疼这个小弟，经常粗活重活抢着干。

就这样安稳地过了好些年，尽管家里还是很贫穷，但是一家五口相互体贴，加之外婆经常给他们送来吃的穿的，日子过得也算幸福。然而好景不长，在小欢读四年级的时候，家里发生了变故。

夏天的一个晚上，堆放在厨房的草料突然着火，火势猛烈，瞬间就吞没了吴家的厨房和厢房。母亲牵着两个姐姐跑出了屋子，小欢也被父亲抱了出来。在堂屋睡觉的老牛被火势吓得不敢出来，父亲便冲进了火海。父亲牵着老牛往外走，可是牛吓得迈不开腿，父亲一次次尝试拖着它走，老牛依旧徘徊不动。在房子外的母亲大声地哭喊着父亲的名字，小欢被吓得不敢出声，站在一旁的姐姐们跟着母亲一起撕心裂肺地哭。

左邻右舍纷纷赶来救火，最终吴家的房子被烧掉了一大半，家里最值钱的老牛也被活活地烧死了。父亲被人救了出来，身体烧伤严重，危在旦夕，被送进了医院。

紧接着，母亲没日没夜地在医院照顾父亲，外婆便把孩子们接到自己的家里，主动承担起了照顾孩子们的责任。到了开学的九月，外婆便牵着小欢的手，挨家挨户走亲戚去借钱。小欢记得，那个九月的天气很闷热，汗水一次次打湿了外婆的后背，他们跑遍了一个又一个的村庄，也吃了一些闭门羹。这家十块那户二十块，外婆都会一一记录下来，也会给他们写下欠条。

临走时外婆还会拉着小欢给人深深鞠躬，表达谢意。外婆告诉小欢，这些都是情分，一辈子也不能忘。


二


家里债台高筑，两个姐姐为了贴补家用主动辍学，外出务工。母亲在家照顾瘫痪的父亲，小欢便和外婆一起生活。也就是在外婆家生活的那几年，小欢喜欢上了画画。

离外婆家只有几十米远的一处房子里，住着一个木匠，村里人都喊他"杨木匠"。其实很多年前，杨木匠并不是木匠，他是一个画师，行走在乡间田野，走街串巷给人画像。那个年代，数码产品还没有兴起，人去世前都要留一张画像，杨木匠便成了村里唯一的画师。

小欢很喜欢去杨木匠家里玩，看着他的手专注地在纸上跳跃，一个个活灵活现的人像呈现在眼前。小欢惊讶不已，既兴奋又羡慕。也就是在那个时候，在小欢自己都不知道时，画画的种子已经在心底悄悄埋下了。

除了画人，小欢没有见杨木匠画过别的，但是听村里见过的大人们聊天，杨木匠画的鸟好像都能飞起来。小欢听完，更是佩服不已，杨木匠在这个孩子的心里像是神一样的存在。

小欢喜欢画画，农村的美术课是不上的，他只能在地上画，在家里的墙壁上画。外婆看出了小欢的心思，有一天，她去镇上打了一瓶酒，提着一个西瓜便去了杨木匠家。

杨木匠的家很简陋，一眼便可望见的贫穷，跟村里其他人家没什么两样。堂屋里没有几样家具，螺丝钉大小的铅笔头在地上随处可见，墙上挂着几支大小不一的毛笔。杨木匠擅长画素描，偶尔也会用毛笔画些水墨画。家里唯一的一张桌子，靠墙放着，是杨木匠作画的画台，也是他吃饭的饭桌。桌子的一角，摆满了杨木匠的画作，杂乱无章，堆砌得很高。

后来一到周末，小欢就去杨木匠家学画画。买不起纸笔，外婆就把捡破烂收来的纸壳整理干净，剪给小欢做画纸。画画的铅笔是杨木匠送的，他常问小欢："你长大以后要做什么？"

"我要成为一名画家。"小欢想都不想，脱口而出。

杨木匠听后都会低头一笑，却不会反驳这个孩子。

小欢不爱学习，却痴迷于学画，去杨木匠家学画他从未迟到过。就这样过了一年，有一天下课后，杨木匠对小欢说："从明天起，你就不要再来了。"

小欢听到后很惊讶，他想着是不是自己做错了什么。他想问原因，却又不敢。杨木匠停顿了几十秒后继续说："从明天开始，我不再画画了。我做木匠，学着打椅子。"

小欢听明白了杨木匠的意思，他也知道村里的人来这里订画像的越来越少，人们都去镇上的照相馆拍照了。

小欢收拾完自己的书包便往外走，杨木匠拿出画笔，叫住了他。

"这支笔送给你吧，我留着也没用了。好好画，以后当个画家回来。"

杨木匠把手里的笔递给了小欢。这是他钟爱的一支笔，这支笔曾画出了很多人像，而他们中的一些人已长眠于村边的坟茔里，和这片故土合而为一。

小欢把笔紧紧地攥在手里，在杨木匠家门口深深地鞠了一躬，这是外婆教过他的。不是老师却胜过老师，杨木匠的这份启蒙之恩一辈子也无法忘记。

村里唯一能画的杨木匠成了真正的木匠，每天都在村口打椅子、卖椅子。这也成了很多大人嘴里的谈资，画的鸟都能飞起来的人，却失去了自己的翅膀。

这件事对小欢的打击很大，他知道打椅子很重要，但是在他心里，画画是天大的事，他要继续画。

# 三

十七岁的小欢刚上高二，学校里来了一批美术培训班的老师。直到那一天，小欢才知道，原来大学里还有美术这个专业。在此之前，他在县里的画画比赛中拿了一些奖，这让他更加坚定了报考美术专业的信心。那时的他，简单纯粹，意气风发，觉得自己天生就是画画的。

小欢瞒着家里报了名，没有跟任何人商量。要知道学美术对一个贫穷的农村家庭的孩子来说，简直是一种奢侈。小欢很笃定，直到培训班缴费那一天，他才意识到自己囊中羞涩。

后来，他把自己认为不错的作品送给了培训班的老师，希望他们可以看到自己的努力。尽管小欢没有真正经过系统的专业学习，以前也仅是依葫芦画瓢，但老师很偏爱这个孩子，不论是画直线还是画形状，小欢的作品都让人觉得他很有天赋，便免去了他的学费。

放月假的时候，小欢去看外婆，外婆的屋子里贴满了小欢的作品。桌子上铺着一张厚玻璃，玻璃下面压着一些画，也是小欢画的。为了防止落灰影响画的美观，外婆每天都小心翼翼地擦拭玻璃。逢人来了，她就会拿出小欢的作品跟人炫耀，尽管很多作品她也读不懂，但她知道这是好的。

小欢把学画画这件事告诉了她，外婆很欣慰，夸小欢有出息。外婆便带着他去镇上的银行，取出了自己的低保金。小欢拒绝要这笔钱，外婆告诉小欢："拿着吧，钱不多，能买点儿纸笔也是好的。"

"外婆，这个钱我不能要。你还要生活，自己留着吧。"

"我一个老太婆花不了那么多，自己种点儿菜就能吃口饭，饿不着。"

"可是这个钱，我下不了手花啊。"

"听外婆的，拿着这钱，外婆还等着你成为画家，光宗耀祖哩。"

成为画家，成为画家，成为画家……

这些字眼吴小欢不断地在心里重复着。那时候的他，还没有世界的概念，以为自己学会了画画，就能当画家了。

二〇〇七年，幸运之神眷顾了这个单纯的孩子。他如愿以偿地考上了大学。然而大学的生活还没过几天，小欢却觉得专业不对口，明明学的是画画，怎么变成设计专业了？他在心里反问自己：

"还要不要当画家？"

他想成为画家，而不是一个设计专员。在上大学之前，他以为只要考上了，就能专心画画了，但现实并不是这样的，设计专业更偏向于电脑制图，而他想要的是拿起笔，在纸上勾画思想，抹上色彩。

小欢很无奈，他不想去上课，便天天往老师的画室跑。画室是老师免费借给小欢的，老师也有一个画画梦，他很支持小欢的梦想。大学那几年，他都是在老师的画室里度过的，心无旁骛，全情投入，沉迷于这种"身心一画"的境界，会让他原本贫瘠的生活有一些色彩，让他得到一些快乐。也就是在画室里，他认识了同样喜欢画画的小萌。

小萌和小欢是两个相似的灵魂，两个人都不太爱表达，大部分时间都是用来交流作品的。小萌能读懂小欢的作品，作品里的"火"，是小欢噩梦惊醒时的童年阴影；作品里"被洒水的草地"，是小欢心里最渴望的那片世界；作品里的蓝色，是小欢最喜欢的颜色。

他们约着毕业后一起去北京，那时的吴小欢以为所有的文化人都在北京，以为只要到了北京，就能成为画家了。他很执着，他把所有的梦和希望都赌在了北京。

## 四

二〇一一年冬天，小欢从老家坐了三小时的大巴到了南京，然后改乘火车，硬生生地坐了十七小时到了北京。他带着大学时期兼职打工攒下来的两万块钱，决定在北京混出自己的一片天地。

在北京落脚后，他先去见了大学里的恩师，那个一直给他提供画室，也想成为画家，比他早来北京的老师。他见到老师的时候，有一些诧异，老师并没有约他在画室见面，而是在河边。老师正在河边钓鱼，那个只拿画笔的先生，如今像一个老头一样呆呆地坐在河边。在大学里他最欣赏的人，他一直学习的榜样，眼里却没有了光。

老师见到小欢很高兴，一番深聊之后，邀请他来自己的画室里工作，小欢欣喜地答应了。可是画了几个月后，并没有完成像样的作品。手头拮据，还要生活，小欢最终还是选择了离开，他想自己去找一些工作。

由于没有太多工作经历，小欢屡屡碰壁，手里的钱不够买饭了，最后他只好妥协，找了一份画廊的工作。但画廊的工作并不是让他画画，而是让他做一些海报设计、写些文案。为了生存，他暂时放下了画画的念想，只能平时和节假日休息的时候，在家闲着时画一些作品。

二○一二年夏天，小萌也来到了北京，两个人的开支单靠小欢这份工作的收入是远远不够的。在两人即将揭不开锅的时候，新认识的朋友告诉小欢："你可以去接一些短时间能解决生活问题的工作。"

小欢很兴奋地问他："是画画吗？只要是画画我就干。"

朋友对着小欢点点头。

"是画画，不过不是在纸上，而是在墙上，有些还得吊威亚画的那种。现在很多建筑设计都很流行这种墙绘，有些有钱人也喜欢在家里搞些墙绘。感兴趣的话，我可以帮你联系，不过要经常出差。"

小欢听完，有些无奈，却也觉得朋友说得很对。

在生存面前他别无选择，他在心里告诉自己，是时候放下自己的骄傲了。尽管他不愿承认这是骄傲，但他更多地觉得是作为画家的骨气和初心。

很快，小欢便辞去了原本设计的工作，专心接活，做起了墙绘。几年来，他很认真地对待每一个客户，因为他要挣钱，挣钱买房，挣钱娶小萌。

北京的房自然是买不起的，但是老家县城的房子还是要准备一套的。他不能让这个女人跟着自己东飘西荡，他要给小萌一间房子、一个家。

其实在小萌的心里，她也有自己的想法，她不止一次地跟小欢提起过，她很想继续读书，考个美术类的研究生。但是这些都需要金钱成本，他们的经济并不宽裕，小欢也没有这个能力。两个人经常会因为这件事产生分歧，小欢觉得学历对于画画并不那么重要，专心作画就好了，但小萌更多的是想尝试美术教育的工作，其实说到底还是因为经济条件不允许，小萌只好一次次地打消了这种奢侈的想法。

小萌知道，在小欢的内心深处，画画才是他最大的事。她能理解小欢，她告诉自己，爱一个人，就要爱他的所有，包括骄傲与自卑、贫穷与妥协。她看到了小欢的坚持，她知道小欢一直想要拥有自己的画室，并且也一直在为此努力。

给自己弄个画室，这个事情早在小欢心里设想了很多次。等他挣够了钱，就租一个场地，弄一个自己的画室，专心画画。如果能办自己的画展，那就再好不过了。

## 五

二〇一五年春天，小欢带着小萌回老家去看外婆。那一年外婆七十六岁了，她看到小欢回来了，高兴得合不拢嘴。她每天都给小欢熬薏米红薯粥，这是小欢最喜欢吃的。她总是小心翼翼地跟在小欢身后，小欢走到哪儿，外婆就跟到哪儿，还像小时候一样。

听到小欢是回来买房子的，外婆把小欢叫到房里。房间里还是原来的样子，只是墙上的一些画作褪了颜色，多了些岁月的痕迹。外婆从里屋拿出了一个生锈的铁盒子，打开后里面装着一个塑料袋，塑料袋里用纸包着一万块钱。她告诉小欢，这是自己的全部积蓄。小欢当然不能要，他告诉外婆："我现在在北京生活得很好，这钱你自己留着慢慢用。"

"拿着吧，以后结婚了就不是养一个人了，你还得养老婆和孩子，这钱是外婆拿给你买房子的。"

"那以后结婚再说吧，以后我有了孩子，外婆你还得来帮我带呢。"

"好好好，外婆答应你，以后帮你带。"

"那就这么说定了，以后接外婆一起去北京生活，跟我们一起。"

外婆听完小欢的话，从兜里掏出了手帕，擦了擦眼角的泪水。

小欢走到了桌子边，看了看玻璃底下压着的画作。他看到儿时的画作，若有所思。外婆看着小欢，便轻轻地问了一声："现在还在画吗？"

小欢瞬间有点儿怔住了，他不知道该如何回答，便淡淡地回了句："还在画，一直在画。"

外婆听完，有些欣慰。

"那就好，要一直画下去，只要画起来就不会那么苦了，你可是我心目中的大画家。"

外婆说出的"画家"二字，刺痛了小欢。他在心里反问自己："我真的是一个画家吗？"

小欢不敢往下想，他走出了外婆的屋子。他看着远方，寻找着杨木匠的家，那个曾经被他当作神的男人，早已离开了人世。一个没有星星的冬夜，这个曾是村里最能画的人，酒后醉死在了马路边，连作为画师的最后一点儿体面也没能留给自己。

一个人若是离了故乡太久，回去的时候就只剩自己了。此刻，小欢知道，杨木匠是最懂自己的，而小欢也终于懂得了打椅子很重要，比画画还要重要。

返京的那天，外婆偷偷地把一万块钱塞在了小欢的行李箱里。到了北京后，小欢打开了行李箱，看到了外婆塞在红色袜子里的那一沓钱。他强忍着自己的泪水，想起了外婆带着他去敲门，去借钱；想起了外婆带着他去打酒，去画画；想起了外婆带着他去领低保，去买纸笔。小欢落泪了，他告诫自己要好好努力，努力挣钱，早点儿把外婆接来北京。

五月，小欢出差去了青岛，接了一个室内壁画的活儿，白天他在炎热的室内吊着威亚作画，夜里常常跑到海边吹海风。

一天，小欢像往常一样在工地干活，家里的电话打了过来，母亲告诉小欢，外婆走了。

工地上，嘈杂声声声刺耳，周围灰尘扑扑的。这一刻，小欢的脑海里是空的，他听不见其他声音，原来真正的离别是悄无声息的。

他走到了一块空地，给母亲回了电话，母亲在电话那头泣不成声："欢啊，快点儿回来吧，外婆走了。"

小欢再次确认完后，停顿了几秒，拿电话的手一直在发抖。

"妈，外婆怎么了？前几天不是还好好的吗？"

母亲接下来说的，对小欢而言，才是真正的打击。

"外婆昨晚一个人喝药走的，她病了，她不想给大家添麻烦。"

母亲说完，在电话那头撕心裂肺地哭着。

小欢还不敢相信发生的一切。这个一直给予他生活向上力量的外婆，这个疼爱他的人，怎么就舍得离他而去呢？他无比自责，为什么没有早一点儿去关心外婆？这个给了吴家很多次生活希望的女人，最终失去了她自己的精神寄托，选择了安安静静地离开。

而此刻站在工地上的这个"画家"，还没有带她来过北京，还没有给她画过一张画像，还没有成为一名画家。

## 六

二〇一六年，小欢与小萌结婚。次年，他们生下了儿子桐桐。

在无数个黑夜里，小欢都会想起外婆的那句话："一直画下去，画起来就不会苦了。"

二〇二〇年，小欢来到北京的第十年，他在顺义租下了一个一百二十平方米的厂房，装成了自己的画室。偶尔不接工作的时候，他就带着儿子在画室里一起画画，他还给妻子报了一个美术研修班。

尽管他认为自己还不是一个画家，但是这一切并不影响他喜欢画画这件事。

十多年来，小欢一直都在盼着能被这个行业认可，但是他越来越清楚，他自己都还没有认可自己。他深知，这是没有终点的一件事，是需要付出一生来重复的一件事，但他记得那句话："我要成为一名画家。"

成为画家不是他的口号，而是他一直在做的事。

# 婚姻不是孤独的避难所 ▶

**作者按**

在一段失败的婚姻里，善良的人往往最受伤。顾雅南为了孩子，没有再退让。她流尽了所有的泪，开始反思这纷杂的过往。

一

二〇二〇年十二月的最后一天，对顾雅南而言，是毁灭，也是新生。零点的跨年钟声响彻北京，顾雅南拖着自己的行李箱在地铁里孤立无援，她脸上的泪水洗涤着过往。出了地铁站，子夜的寒风刮在顾雅南瘦小的身躯上，寒气袭人。她漫无目的地走在路上，没有归处。

就在几个小时前，这个女人被丈夫赶出了家门，她还没来得及亲吻一下刚满一岁的儿子，就被对方狠狠地关在了门外。在这段婚姻里，她不是过错方，只因房子是在公婆名下，她没有再待的权利。

回想起这段婚姻，顾雅南心里悲伤不已，既憎恨前夫一次次的谎言，又责难自己愚蠢至极。当你为了什么而走入一段婚姻，那么势必也将因为这个原因而结束这段婚姻。

女人总是很容易陷入一段自认为命中注定的爱情，顾雅南也不例外。尽管现在的她，不愿再去承认有过爱情。那些一起走过的路，去过的城市，五年的青春与共，都是曾爱过的证据。

顾雅南的前夫叫曾鹏，是土生土长的北京人。他们共事在同一家公司，从同事走到恋人，最后结成夫妻，这一切只用了两年的时间。由于工作原因，两人经常出差，聚少离多，一个星期见一次都是奢望。在结婚前，顾雅南对曾鹏也不是全然了解，因此算是埋下了这段失败婚姻的不定时炸弹。

二〇一八年六月，在男方父母的催促下，顾雅南和曾鹏在北京领证结婚。没有任何的求婚仪式，婚礼也一直延期到十二月才举行。顾雅南的家乡在安徽一个三四线城市，当她的亲戚们得知了婚讯，纷纷要来北京参加她的婚礼。曾鹏听到后不是很开心，要求她从银行贷一笔钱，理由是婚礼的花销太大，目前他有点儿捉襟见肘，他还起誓自己会还利息。曾鹏平时花钱大手大脚，顾雅南是知道的，可现在已经是夫妻了，她也没有多想，便帮曾鹏从银行贷出了这笔钱。

婚后不久，顾雅南便有了身孕，曾鹏得知后并没有初为人父的喜悦，而是劝说顾雅南去打掉这个孩子。他给出的理由是，目前彼此都太年轻，还无法给孩子创造一个好的生活条件。顾雅南生性传统，哪做得出这样的事情，她坚持一定要生下来。

　　在怀孕期间，曾鹏不止一次地跟顾雅南讨要金钱，理由也是天花乱坠、五花八门。最过分的一次是在她孕期七个月的时候，曾鹏以代购名表为借口，从顾雅南这里借走了三十万。当时的顾雅南没有想太多，她想着丈夫做生意也是为了这个家，便给出了自己的全部积蓄。

　　既然是倒腾手表的生意，顾雅南却从没有在家里看见过一只手表，这让她心里不禁有了一丝疑问。八月的一天，晚饭过后，曾鹏在客厅里玩着手机，顾雅南挺着肚子走过去，坐在了他旁边，她问起了曾鹏："那批手表卖出去了吗？"

　　"还没呢，出了些事情，现在卖不出好价钱。"

　　"差不多就行了，孩子快要出生了，哪里都需要花钱。"

　　"你懂什么呀？不知道的事情就不要在这儿瞎扯，管好你自己的肚子。养不起就不要生嘛，东扯西扯，你懂啥呀！"

　　婚姻这个修罗场，有错的人往往都是先发火。顾雅南没有示弱，继续说着："这么久了，你让我看下那批手表吧。"

　　"什么手表啊，你摆明了就是不信任我嘛，那还有什么好说的，你爱信不信吧！"

　　…………

　　夫妻俩的争吵声越来越大，曾鹏的母亲听到后，便从房间里走了出来。她简单地了解了一下事情原委，便说："这种小事，有必要大声嚷嚷吗？不就是手表吗？多大的事啊，男人做正经生意，女人不要说三道四，要摆好自己的位置，少插手。"

　　顾雅南越听越不对劲，虽说自己现在有孕在身，但是经济上一直都自给自足，她听不得婆婆这话。

"妈，你这话说得就没有道理了。我自从嫁给曾鹏以来，家里的开支他一分不管，他那点儿工资都不够他自己花销的，还隔三岔五来搜刮我的钱。那批手表，可是我全部的积蓄。"

婆婆见顾雅南没有要忍气吞声的意思，便话锋一转，扔话给曾鹏："哎呀，她不就要看手表嘛，明天你把手表都拿回来，给她看不就好了吗？这点儿事，有必要这么跟妈说话吗？一点儿教养都没有！"

顾雅南知道这个婆婆的品行，多说无益。她见曾鹏当着母亲的面点头了，尽管心里的疑问并没有散去，便也没有再多说什么。

几天后，曾鹏带回来一大袋名表，各个证件齐全。顾雅南看着桌子上摊着的一块块手表，总觉得哪里有什么不对劲的地方，但是又说不上来。她偷偷地拿着其中的一块表去了奢侈品名表店，经理告诉她这是一块假表。顾雅南如遭当头棒喝，回家质问曾鹏："这批假表是怎么回事？"

"哎呀，别说了，我被人骗了。"

"那我的钱怎么办？"

"权当交学费了，我下次再挣回来。"

顾雅南哪还敢再相信这个男人的话，在此之前已经有过很多次诸如此类的谎言，包括他以她的名义贷的款都是她自己还的。她一再选择信任和原谅，只因他是肚子里孩子的父亲。等顾雅南缓过神来，她灵机一动，便查看了曾鹏的手机。表面上没有查到任何对曾鹏不利的信息，但是快递小程序里的一条收件信息让曾鹏的阴谋败露了。快递是从广州白云区发出来的，上面的物品一栏清晰地写着名称和数量。

"某名表，二十块。"

顾雅南一下子恍然大悟，那笔钱去了哪里，她无从得知。跪在面前的这个男人已经变得如此荒唐，这是她始料未及的。从曾鹏的嘴里问不出什么，他不会说实话，只会带着你绕弯子。

那晚，顾雅南一夜未眠。第二天，她去了医院。她站在门诊大楼里犹豫不决，医生告知她孩子月份大了，必须得生下来。回去的路上，她摸着自己的肚子，把所有的委屈吞进了肚里。

临产前的最后二十天，顾雅南去拍了一组孕妇照。曾鹏自称有事，没有到场。拍摄结束后，她拿起手机，看到了一个陌生女人添加好友的通知。顾雅南没有多想，便通过了好友申请。哪晓得这个女人的第一句话就把顾雅南吓怔了。

"我找你就想问，你和曾鹏什么情况？"

思考了片刻后，顾雅南给对方回了一句："我们是夫妻。"

对方立马回了信息："他跟我说你俩早就已经离婚了啊。"

站着的顾雅南，不自觉地往后趔趄了两步。她告诉自己要冷静，要得体，要保有最后的一丝尊严。她没有给对方再回信息，过了半小时，那个女人发来了很长的一条信息："我和曾鹏在一起很多年了，我知道你们二〇一八年六月领的证，那时候我俩正热恋中。他告诉我，等你把这孩子生下来，你俩就没关系了。你不要对我有敌意，我俩谁是小三还不一定呢。"

顾雅南知道这是对方的挑衅。那一刻，慌张代替了所有的情绪。她删掉了这个女人的微信。明明曾鹏才是过错方，她却变得手脚发麻，浑身发抖，像极了做错事的孩子。她知道接下来曾鹏会说什么，该来的这一刻终究会来。他们约定好等孩子生下来后，就去办理离婚手续。

二〇一九年十月二十六日，顾雅南腹痛进了医院，母亲从安徽老家赶来了北京。婆婆不准打无痛针，强烈要求顺产。阵痛了三天三夜后，孩子超过了预产期，由顺转剖。十月二十九日，她的儿子豆豆来到了这个世界。

顾雅南看着眼前这个小小的人，紧紧地抱在怀里不肯撒手。她想着若是为了孩子，她愿意忍辱负重，留一个健全的家。现在就骨肉分离，她万万做不到。

坐月子期间，曾鹏借着健身的名义，天天外出，极少在家。他没有给孩子冲过一次奶，换过一次尿布。顾雅南知道这个男人是靠不住的，但是只要他不再犯原则性的错误，她还是愿意再给他一次机会，毕竟孩子还这么小。

就这样，他们貌合神离地住在这个家里，直到一年后，一个包裹让他们的关系彻底改变。在儿子豆豆满周岁的那天，顾雅南莫名其妙地收到了一箱东西，地址和电话都是写的自己家，拆箱后竟是一箱情趣用品。她立马意识到，是那个女人发来的挑衅。结果曾鹏也毫不避讳地告诉她，他和那个女人一直都还在一起。

顾雅南瞒着家里人，和曾鹏偷偷办理了离婚手续。这一切都赶在了包含"离婚冷静期"在内的《民法典》实施之前。

顾雅南走入婚姻的目的很简单，她只是想要一个家，一个能让自己不再孤独的家。然而，孤独终究是自己的，谁也无法被救赎。家，从来不是救赎孤独的避难所。可惜的是，这些道理往往要亲身经历后，才能真正明白。面对关于爱情的逆耳忠言，谁都无法接受。

二

一九九三年，顾雅南出生在安徽一个普通的家庭，母亲是挑起家里经济大梁的人。父亲是纨绔子弟，不务正业，很少在家，常年在外面玩。

童年的时候，雅南的日子都是与母亲在店里度过的。母亲经营着一家小花店，雅南便在店里帮母亲分担一些简单的工作。母亲常给顾雅南灌输这样的思想："女人无论什么时候都要经济独立，也一定要用真心对待每一个人。"

年少的雅南还分不清什么叫真心，什么叫虚情假意，她只觉得母亲说得对。现在的她，一定不会觉得这话有什么好的，甚至她觉得自己是被母亲的话给害了。前半句也许对，但真心换来的不一定是真心啊。

雅南记得，花店的隔壁是一家小超市。五六岁的时候，她与母亲去逛超市，小小的雅南站在荔枝罐头的展柜前走不动道，口水在嘴里一个劲儿翻涌。母亲看到后并没有给她买，因为那罐头要十五块钱，这笔钱够她们娘俩吃几顿饭了。雅南知道母亲没钱，她笑着对母亲说，自己已经看饱了。

一到过年，是雅南最开心的时候。她会把收来的压岁钱，整整齐齐地码放在自己的小人书里。这些钱，她是万万舍不得用的。那本存了很多年压岁钱的小人书，是雅南的心爱之物，谁也碰不得。

有一次放学回来，雅南在房间里翻箱倒柜，她的心爱之物不翼而飞了。后来母亲告诉她，压岁钱被父亲拿走了，连着小人书一起拿走了。自此，父亲这个角色在雅南心里有了一道隔阂。

在雅南的记忆里，父母一直都在吵架，从小到大没停过。很多次面对他们吵架的时候，雅南很想冲出去，再也不回这个家。

家里的客厅茶桌上，有一个很重的烟灰缸。有一次父亲在和母亲吵架时，父亲自残，拿起了烟灰缸砸向自己的头。雅南立马去阻止，结果手被划了一道很深的口子。雅南痛得泣不成声，母亲立马跑出来，牵着雅南出门去医院。这时，父亲却堵着门口不让她们去，还扬言这日子没法过了，要同归于尽。雅南嘴里一个劲儿地乞求着父亲，告诉父亲她很痛，父亲才让她们去医院缝了针。

那一次之后，雅南最大的梦想就是逃离这个家，越远越好，最好永远都不要回来。终于，第一次逃离的雅南去异地上了大学。

大三那年，她被学校派送到韩国去做交换生一年，父母一起去了机场给她送别。入关的时候，她回头看了他们一眼，她看到父亲正在角落里抹眼泪。那一刻，她有了一些释怀。她心想，这个令她又爱又恨的男人，这个玩世不恭、家庭责任心不强的男人，也许是爱自己的吧。

大学毕业后，雅南加入了北漂，有了第二次逃离。她得到了北京的工作机会，顺利进入一家不错的公司。她极少回老家，远离了父母的争吵。在北京除了孤独之外，她一个人也活得很好。

几年后，她认识了曾鹏。确立了关系后，她带着曾鹏回了老家。父亲不喜欢这个油腔滑调的男孩，他找到了顾雅南，这是继女儿参加工作后，他们的第一次正式谈话。

"结婚的事情你要考虑清楚，你看清对方是什么人了吗？他的父母是怎样的？"

"我俩在一起两年了，没有你想的那么复杂，不是每一个人都活成你这样。"

"你不要用这种口吻跟我说话。这是结婚，马虎不得！"

"现在说这些，有什么意义？谁找我结婚我都会结，只要能离你们远一点儿就好。"

听到女儿说出这样的话，父亲也变得直接起来："曾鹏这个男人，我第一眼看就不太喜欢，不务实，不成熟。"

顾雅南听到父亲这么评价自己的男朋友，积压了多年的怨愤倾泻而出："不务实，还有比你更糟糕的男人吗？从小到大，你懂什么叫陪伴吗？妈妈上班挣钱，你游手好闲，哪一次不是把我一个人扔在家里，然后自己出去玩了，也不管我饿不饿。我告诉你，这个男人再差，也不会比你差。"

看到女儿这样说自己，父亲无地自容，他只能祈求上天，一定要让女儿幸福。

顾雅南与曾鹏领证的前几天，她的父母离婚了。母亲在走出民政局的大门时，给顾雅南打去了电话："雅南，妈妈离婚了，现在有钱给你买荔枝罐头了。"

母亲哽咽了一下，继续说："我的女儿，你一定要幸福，你是妈妈这辈子最爱的人。"

顾雅南在电话那头，没有说话，哭得像个泪人。她知道这个决定，对母亲而言，更多的是欣慰，是一种解脱、一种新生。

## 三

从前夫的家里搬出来后，顾雅南没有选择回老家。那个故乡是她曾经一度想要逃离的地方，她是万万不会再回去的。顾雅南曾暗暗发誓，哪怕死也要死在外头，绝不让那个男人看自己的笑话。于是，她在前夫家附近租了一个小房子，为的是方便经常去看儿子。

二〇二一年一月下旬，顾雅南买了儿子会喜欢的玩具和衣服，去了那个曾经熟悉又让她难过的家。她到了门口，按下了门铃，却迟迟没有人来开门。她给前夫发了信息，却发现已被拉黑了。于是，她给婆婆打去了电话："妈，我来看下豆豆。"

婆婆在电话那头恶语相向："不要再来看了，你们已经离婚了，给自己留点儿廉耻心吧。"

"我是豆豆的妈妈，凭什么不能来看自己的儿子？"

"当初你连自己的儿子都不要，真够狠的呀！豆豆没有你这样的妈，以后不要再来这个家了！"

顾雅南站在门外，隐约听到了儿子豆豆的哭声。或许母子是连心的吧，那个小生命能够感知到母亲正在旁边。即便放弃了抚养权，但是她也有探视自己孩子的权利。她知道自己的能力，就算去争取抚养权，她也斗不过他们。

离婚协议书上清楚地写着，顾雅南除了每月支付儿子豆豆两千元抚养费，还拥有一个月三次的探视权。她知道他们这样做的目的，曾鹏你可以去追求自己新的生活，但是她最不能接受的是，让自己年幼的孩子去认一个陌生的女人做母亲。

顾雅南买的东西没有亲自送到儿子手里，她把东西放在了大门口，便回了自己的出租屋。回去的路上，她思绪万千，但这一次，绝不会再退让。孩子是每一个母亲的软肋，是最不能被侵犯的，她决定去法院起诉他们。

起诉是顾雅南最不想做的事，爸爸妈妈对簿公堂，对孩子是多大的伤害啊。但是她想儿子，如果再也见不到儿子，那么自己的人生还有什么可期待呢？那晚，顾雅南给母亲拨去了电话，母女俩在电话两头一起痛哭。母亲心想，这个从来只报喜不报忧的姑娘，一定是遇到难事了，她很心痛，却也无能为力。顾雅南一边哭着，一边把所有的事情都告诉了母亲。

"我最难过的是，我还没有完成从女孩到妈妈的转变，他们就剥夺了我见孩子的权利。"

婚姻曾经是顾雅南在人生迷茫时期找到的一根救命稻草，现在却成了她永远不想再回忆起的一场噩梦。人财两空，这是这段婚姻最后的结果。婚后的这几年，她就像溺水了一样，全身缺氧且窒息。如果时间再长一点儿，精神系统一定也会留下后遗症。顾雅南唯一觉得庆幸的是，她毅然选择结束了这段婚姻，这个决定她永远也不会后悔。

三个月后，法院传来了消息，她的诉讼被受理了，将择日开庭。在开庭的前几日，父亲从老家给她打来了电话。电话一接通，父亲怒火中烧：“你什么都别说了，事情我已经知道了。你给我订张机票，我马上过来！”

顾雅南没有说话，她以为父亲会把自己冷讽一番后，大骂一通，但是紧接着父亲的话，瞬间扑灭了这个想法。

“你妈生性弱，管不了你的事，但是家里还有能喘气的人。你应该早点儿告诉我，我绝不会让曾鹏过得舒服！开庭的时候，我陪你一起去！你赶紧给我买机票，不买的话，我就自己去买！”

听到这儿，顾雅南竟然感到了一丝温暖，这个她曾经认为一无是处的父亲，在关键时刻并没有退缩。他不再年轻的拳头，竟想要去替自己出头。虽然顾雅南心里已经完全原谅了他，但是嘴上也没有说。

“爸，这事你别管了，我自己处理。”

父亲没有要罢休的意思，紧接着，他在电话那头语重心长地说：“雅南，婚姻这件事，我不想骂你。反正事情都发生了，我们只能朝前看了。不管你做什么样的决定，家里永远都有你的位置，只要你愿意。”

"爸，我知道了。可是这世界还有很多地方，我要去看看的。"

说完，顾雅南挂断了电话。

她拿起了放在一旁的香烟，点了一根，烟雾在自己嘴里弥漫开来。她轻轻地闭上了眼睛，一滴泪水从眼里滑落了下来。顾雅南起身走到了窗前，打开了这扇小小的窗户，一阵风吹起了挂在旁边的白色窗帘。四月的春风正游戏人间，它不冷冽也不沉闷，俏皮而轻盈，在点缀着新的希望。

可是，属于顾雅南的希望在哪里呢？日子是自己过的，我们无从知晓。

世间也许有很多顾雅南，还有很多即将成为顾雅南的人。如果离婚前有冷静期，那么结婚前是不是更应该有冷静期呢？婚姻从来不是人间游戏，更不是藏匿孤独的避难所。

## 理想今年你几岁 ▶

**作者按**

这个从大山里走出来的少年，为了得到父母的认可，一路向北。阿辉有着突破同龄人的成熟，却也失了一些快乐。

一

二十二岁的阿辉是一个阳光大男孩，开朗健谈、积极乐观，他自诩来自Z世代。这个时期的年轻人与互联网同步发展。他们爱表达，喜欢社交，特立独行，习惯把钱消费在自己的兴趣上，对物质和精神的追求有着更个性的判断。然而这一切对阿辉而言，既切近又遥远。

翻开阿辉的朋友圈你会看到满屏的正能量。每天的内容更新不像是一种分享，更像是他对自己这一天的总结。他习惯把自己包裹得很满很紧，这样不会让他太焦虑，感觉自己每天都在前行。他害怕"掉队"，更害怕那些未来会"插队"的更为年轻的人。

学生时期的阿辉，喜欢读三毛和韩寒。他羡慕那些可以表达自我的人，他们活得通透，肆无忌惮。这也是阿辉苦苦追寻的理想状态。但是现在的他意识到，那种状态怕是遥不可及了。

大四这一年，很多企业来他们学校进行校招。阿辉拒绝了两家南方公司，毅然选择了北京的企业。他在两家企业之间徘徊，一家实习工资较低但平台大，另一家收入可能更乐观但是平台较小。他没有和家人商量，果断地去了平台大的公司。这个公司的"光环"好像能暂时罩住他内心的自卑和好强。

去北漂，这是阿辉早就给自己规划好的路。他与别人合租在只有十多平方米的出租屋，每个月的实习补贴仅一千元，而房租近三千元，每天倒贴着上班。一个小时的地铁通勤，从昌平到中关村，乘地铁时阿辉不需要费力，往往身后有成千上万的人把他往前推。

在公司里，阿辉很活跃，能吃苦，办事很积极，是大部分领导都喜欢的年轻人。但是他在这批同龄的实习生眼中，就可能不那么受欢迎了。大家都觉得阿辉是一个太爱表现自己的人。毕竟职场竞争激烈，晋职转正，末位淘汰，对刚步入社会的年轻人来说，真是一种挑战。

阿辉每天都踌躇满志地来上班，他想自己努力十天也许不会有人看到，但是若自己坚持了一百天，总会有被人看见的一天吧。公司最近在竞标一个广告项目，要在这批实习生中挑出一名来作为预备军，这名幸运儿还可以参与团队讲标项目。这种事情怎么会少得了阿辉，他没日没夜地整理资料，做预备演讲，最终机会也降临到了他身上。

当天，在竞标现场，阿辉见到了自己公司最大的老板，那个经常出现在媒体中，已登上神坛的男人，这让他的斗志越发昂扬。此次讲标，采取的是团队合作制，团队里的每一个人都有几分钟的时间，来讲解自己负责的板块。轮到阿辉上场时，他站在偌大的会议室中间，指点江山，激扬文字，看起来朝气蓬勃，前途不可限量。

会议结束后，大老板走到阿辉面前，拍了拍他的肩膀，表示看好他，要他继续加油。阿辉受宠若惊，他的部门领导站在老板旁边，随声附和，笑脸相迎，点头哈腰。

第二天，部门领导把阿辉叫到了办公室。阿辉以为领导会青睐自己，夸赞一下自己昨天的表现，哪晓得接下来的几句话让阿辉有点儿蒙了。

"阿辉，你觉得自己很厉害是不是？你这么张扬，让大家觉得你在炫耀，知不知道？这是一个团队的成果，不是你阿辉一个人的功劳。你急着往上爬，也不要忘了在这里，我才是你的领导！"

领导愤怒地坐在阿辉对面，阿辉吓得不敢动弹。这还是他第一次见这个领导发这么大的火。阿辉不知道自己做错了什么，他心想，是不是自己抢了别人的风头，惹祸上身了？

领导继续朝他吼道："我告诉你，在职场中没有标准答案，领导说的就是标准答案。除了标准回答，不要用你的小聪明，去做其他任何回答。"

阿辉顿时恍然大悟，想起了昨天的竞标会，他为了在大老板面前表现一下自己，特意临时加了几句吸引眼球的话。没想到就是这几句话，让领导改变了对自己的看法。阿辉有点儿委屈，他只是想得到别人的肯定，也并没有伤害到其他人啊。他不敢跟领导去辩解，自己的野心，他很清楚。

后来，同事们聚会，叫他的人少了。嘴上说着没关系，可是他心里还是渴望着被召唤。偶尔失落的时候，他一个人回到出租屋，也会反问自己为什么来到北京这个人才济济的地方。但是他还是觉得北京挺好的，他很喜欢这种未知感。这座城市的快节奏，让阿辉觉得，同样会加快自己进步的速度。

往往用力过猛得到的东西，也会很容易失去，就像紧紧攥在手里的沙粒，最终会一粒不剩。在阿辉的年纪，他还不需要去体会这些道理，因为人生才刚刚开始，还有很多机会试错。阿辉对未来有着很多焦虑，他觉得既然来了北京，就得干出一些成绩来吧，不然来了有什么意义呢？其实，这也算是对自己的一种安慰吧。

## 二

二○一七年，阿辉来到重庆上大学，在大学的时光里，他没有浪费太多的时间在玩乐上。除了每天的课程，多余的时间他都在校外工作。他勤工俭学，兼职发过传单，给小学生上过课，与同学合伙创过业，可谓倾尽心力。

偶尔，他也会去参加一些公益项目，比如搭建平台为武汉疫情筹集物资，给重庆城口县贫困山区的留守儿童录制睡前故事。在自己的能力范围内，尽量多去帮助别人，这是阿辉常常对自己说的话。

大学这几年，于阿辉而言，有了更明确的职业规划。他想清楚了自己想干什么、想要什么。但是大二那年发生的那件事，给阿辉整个大学期间留下了遗憾。这件事也让阿辉第一次意识到他与别人的贫富差距，这种差距是没有办法仅凭自己的努力就能弥补的。

阿辉就读的本科学校，与英国剑桥有交换生的合作教学项目，学校共有五个名额，胜选者可以公费到英国学习一年。阿辉所在的学院分到一个名额，这个消息顿时在学生之间炸开了锅，大家纷纷报名，竞争一下子激烈起来。

历时一个月，经过层层考试筛选，阿辉最终在学院里脱颖而出。名单出来后，他迫不及待地想把这个消息告知父母。然而，学院老师告诉他，免费的仅是一年的学费，不包括食宿费。要知道在英国生活一年，没有大几万是下不来的，他不知道怎么跟父母开口要这个钱。他想先跟父母借一点儿，等到了那边再去半工半读，这样也许父母会同意吧。

他拖了一个星期后，终于鼓起勇气给父亲拨去了电话。电话接通后，阿辉先开口："爸，学院去剑桥的名额定下来了，唯一的一个名额给了我。"

"那很好啊，去见识一下也是好的。"

"是的，要去一年。但是老师说学费是免的，食宿要自己安排。"

"自己安排？那得带多少钱去啊？"

"具体多少还不知道，但同去的那几位同学，家里都准备了十万块钱。"

"阿辉，这样吧，你去跟老师说，我们不去了，家里没有那么多钱。"

"爸，我很想去，这是我好不容易争取到的机会。不然你先借我几万，我以后还你。"

"别说了。你如果硬要去的话，那我把房本给你，你把家里这房子卖了吧，我跟你妈租房去。"

听到父亲说出了这样的话，阿辉哑口无言，心里满是无奈和失落。父亲在电话那头长长叹息，接着说："你上这个学，读这个专业，已经掏空了我和你妈仅有的积蓄。爷爷现在住的地方还是旧房，附近的邻居都建了新房，这钱先给爷爷建房子用吧。你去一年又能改变什么呢？要花这么多钱，你想想值不值吧。"

说到值与不值，阿辉心里是有答案的。他不想放弃这次机会，他跟父亲说："爸，你看这样好不好，我去学校申请贷款，争取到最大补贴，以后慢慢还。"

父亲听到阿辉仍然没有要放弃的意思，便大发雷霆。

"你这个孩子真是无药可救了，去留个学就那么重要吗？以为去了大城市就真的了不得了？孩子啊，不要活得这么自私，你爸妈当年最穷的时候，都不会低头去跟别人借一分钱。"

父亲的话一句句地刺激着阿辉，阿辉也无法做到冷静了，他在电话里大声嘶吼着："自私的不是我吧，是你们吧！明明有这个钱，为什么不让我去呢？就你们这个思想，活该穷一辈子！"

父亲也没有让步，两个人在电话里大吵了起来。

"你这个杂种，你是想气死我？这书都读哪儿去了！一点儿教养都没有！"

"什么样的老子，得什么样的儿子！从今往后，你就当我死了，没有我这个儿子吧。"

阿辉说完，直接挂断了电话。

这是这么多年来他与父亲最激烈的一次争吵。阿辉年纪尚小时，都是做乖孩子，还不懂什么叫反抗。其实在阿辉心里，他也犹豫着，也许父亲同意给他钱的那一刻，他会主动选择放弃，因为他也心疼父母，一定不会这么自私地拿走他们的钱。他要的绝不是走出国门的光荣，而是父母对他的肯定和支持。

出国的机会，阿辉最终放弃了，班里的另一名同学去了英国。那段时间的阿辉，情绪消沉。如果没有期望，就不会有失望，毕竟他还是有过幻想的。年轻人情绪的转变，往往只需一件事，但是永远不要恶意去中伤他们的想法，因为谁都年少轻狂过。

三

阿辉习惯去做人群中的主角。在大学里，他会抓住每次上台的机会，他喜欢站在舞台中央，很享受聚光灯照射在自己身上的感觉。所有人的目光都注视着自己，这让他很有成就感。这也是为什么当初高中的时候，他一定要学播音主持艺术的原因。

高中时期的阿辉，好胜心强，学校的每一次演出都有他的身影。他喜欢在学校的舞台上露脸，不论是校庆，还是文艺晚会。他永远是学校的金话筒种子选手。

然而这么优秀的儿子，却并不被父母看好。他们反对阿辉把学习时间浪费在这种不着调的事情上。阿辉的父母都出生在二十世纪七十年代初期，是典型的"中国式父母"。他们对儿子的表扬极少，不会过多地说自己的孩子有多棒，只会说别人家的孩子有多优秀，对孩子的爱，严格而内敛。他们的教育方式对儿子的影响很大，导致阿辉总是想要在别人面前证明自己，希望处处都表现得优秀。而这往往让阿辉感到既盲目又疲倦。

其实阿辉和父母的关系一直都很紧张。十五岁之前，阿辉都是在爷爷奶奶家里住，和父母的相处时间是极少的，因为他们都在外地工作。整个童年时期，阿辉对父母的印象都很模糊。直到高中的时候，来县城上学，他才和父母住在一起，而那个时候，阿辉处于青春期，与父母的交流就更少了，父母对这个儿子也是不太了解的。

高二的时候，阿辉主持了学校的元旦晚会，当时学校邀请了学生家长一起来观看演出。阿辉知道母亲会来，他偷偷地留了一个最佳的观赏位置给母亲。阿辉在台上表现得落落大方，台下的掌声此起彼伏。他站在高处，到处寻找着母亲的身影，一直未找到。晚会进行到一半的时候，母亲满脸无奈地来了。她找到位置坐下后，并没有立即抬头观看，看得出来母亲有些疲惫，对这些节目也并没有多大的兴趣。

轮到阿辉上场的时候，他一眼便看到了母亲。尽管母亲迟到了，但他的内心还是很兴奋。这是他第一次在母亲面前展现自己的才艺。可是母亲坐了二十分钟就走了。晚会结束时，阿辉站在舞台上，有点儿语无伦次，内心深处的失落溢于言表。

当晚回到家，阿辉很想质问母亲迟到的原因。然而他刚进门，母亲的一席话，浇灭了那晚的星光。

"活动搞完了，可以专心学习了吧。读书期间，没有什么事情比学习更重要，以后这些活动不要再参加了。我刚刚跟你们班主任说了，以后这些活动你都不参加了，好好学习，明年就高考了。"

阿辉想说些什么，但他什么也没说，便进了自己的房间。他拿出了自己的练习册，开始做题。阿辉的学习成绩不算太差，班级前十总有他，但是也没有名列前茅过。这正是父母最在意的地方，他们对他考重点一本是不抱希望了，儿子能争取考个普通一本就好。

晚会结束后的第二天，阿辉照常去上学。课间休息的时候，他被班主任叫到了办公室，坐在班主任旁边的还有一位艺校的老师。艺校老师说明了来意，他很看好阿辉的主持天赋，觉得阿辉可以去试试播音主持艺术专业，也许能助他考个重点本科。

这是阿辉第一次听到这个专业，他太喜欢了。由于阿辉的文化课成绩很好，艺术学校愿意减免一半的学费。放学后，他迫不及待地回家把这个消息告诉了父母，可迎来的并不是支持的声音，而是父亲劈头盖脸的一顿责骂："学习的事，你也想偷懒！艺考就是旁门左道，那里都是学习成绩不好的学生，就想走捷径。你们这些孩子，真是幼稚啊，哪有那么多捷径给你走啊！"

阿辉不肯死心，他对父亲说："我就是想学，特别喜欢。除了这个专业，我想不到自己还能读哪个专业。"

"孩子啊，家里没有这个钱给你去学，咱家祖上三代下来都是农民，哪里出过你这号人物啊，异想天开。"

父亲的话看似讲理，却也像刀子一样割着阿辉的自尊心。这一次，他一定要为自己争取点儿什么。

"爸，我不要你们掏钱，我可以在学校自学这个专业，这样也不耽误文化课程。只要你们肯让我去参加艺术省考，我就拿个大学文凭回来给你看！"

父亲看着这个十七岁的少年，第一次感觉到儿子的成长，似乎还带着点儿微光。但是父亲不愿承认他看到的一切，他觉得这是错觉。最后，他只好同意了儿子的想法，并让儿子说到做到，不然他就会成为笑话。

说是自学，父亲还是掏了两万块钱给阿辉，让他去报个艺术特长班。阿辉很努力，学校的文化课他一点儿也没有耽误。艺术课程都是在他周日休息的时间，或者晚自习时间来练习的。

转眼半年过去了，冬天的艺术省考即将来临，阿辉要一个人启程去省会参加考试。他从县城坐大巴到了怀化，然后坐高铁到长沙，下了高铁后，挤地铁去考试。省考结束后就是单招考试，一直持续三个月。阿辉在长沙的岳麓山山脚下租了一个单间，除了去参加单招考试外，他其余时间都用在了学习上。这段日子对阿辉而言，既开心又充实，这是他最享受的一段学生时光。

阿辉说，艺考需要天赋，也需要运气，越往后考越靠运气。很多时候并不是能力不行，而是一些匪夷所思的因素导致失败，比如那天你穿着的颜色正好不在考官喜欢的色系里。在大多数人眼里，觉得艺考是走了捷径，其实走过的人都明白，这条路才是千军万马过独木桥。很多时候，为了争一个名额，你会看到神仙打架，各路奇才各显神通。艺考的这群孩子，往往比同龄人更早熟，他们早早地知道了自己擅长什么、未来的职业规划是什么。当然，也有人完全是为了考个大学。

二〇一七年二月八日，这天是阿辉十八岁的生日，他一个人安静地度过了自己的成人礼。晚上，他散步到湘江大桥，边走边思考。没有蛋糕，没有祝福，只有橘子洲头的那一晚江风。那一刻，他对未来有了憧憬，有了对美好的期许，也有了对未知的害怕。

他在心里嘀咕："从今天起，我便成年了，我需要一个人去面对这个世界了。未来我会成为什么样的人呢？"

这也是阿辉第一次有了这种意识，独自去面对世界的意识。

四

艺考结束后，阿辉从长沙回到老家。回来后他发现，同学们看他的眼神不一样了，特别是阿辉收到了五六所学校的艺术合格证之后，同学们便开始嘲讽他。他们觉得阿辉专业课过了也没用，反正文化课过不了。阿辉没有去理会他们的言论，而是加倍地学习。他不屑和他们争辩，他想用未来的成绩来打他们的脸。

尽管有了艺术合格证的加持，父母对此仍不认可。他们觉得这一张张证书是用钱堆出来的，儿子之所以能考上，是因为他们花了更多的钱，他们并没有看到阿辉的努力。

就这样，阿辉顶着来自父母和同学的双重压力，备战着高考。

一九九九年，阿辉出生在湖南西部的麻阳苗族自治县。现今，这是一个共享单车生意爆棚的小城，一辆自行车走半个小时就能走完整个县城，带你去到所有的地方。在这座县城里，只有两所高中，一所攻文科，另一所攻理科。二〇一七年夏天，阿辉在他们那届文科高考班的学生中，考上了最好的学校。

在大学里，阿辉常常告诫自己："我从那么远的地方走出来，好不容易走到了这里，接下来的每一步都要谨慎，不能走错一步，因为每一个机会都很珍贵。"

阿辉从不后悔自己当初选择了艺考，这对他现在的工作也起到了很大的帮助。尽管父母坚决反对他去北京，但他自己心里知道，如果不来北京，未来一定会后悔，他不想留有遗憾。

二〇二一年二月，阿辉第一次一个人在北京过年，一个人过了二十二岁的生日。在生日那天，他收到了公司的邮件，是一封转正录用书。现在，他已经完全可以靠自己，在北京生活下去了。要相信，老天还是会眷顾每一个努力奔跑的孩子。

大年初一的晚上，他独自去电影院看了《你好，李焕英》，他一个大男孩在影厅里哭得稀里哗啦。影片结束后，他给母亲发去了信息："妈，新年好，谢谢你们。"

这个来自 Z 世代的年轻男孩，他经历了一波三折的梦想之路，而且现在还在这条路上走着。他过早地明白了所有的东西都是有获取条件的，所以他丧失了很多同龄人的纯粹和快乐，但这并不影响他做一个博爱且专情的大水瓶。他喜欢听赵雷的《理想》，里面有他最喜欢的歌词。

"理想今年你几岁，你总是诱惑着年轻的朋友。你总是谢了又开，给我惊喜，又让我沉入失望的生活里。"

"千江有水千江月，万里无云万里天。"这是最后我想送给阿辉的话。

# 第三章

# 我在至亲的
# 臂弯里苦修

对于明天，他们有期待，有感怀。夜晚将至时，他们抬头看天，树叶把天空分割，落下一片好看的绯红。然后恍然明白，来人间这一趟，不虚此行。

人性的丑陋与美好，类似于藤蔓交错，时间在身体上留下痕迹，也在他们心里绽放开来。没有该与不该，只有爱与不爱。

他们不在凌晨三点探讨人生，只在清晨六点爬上山头，看自己的太阳。他们向我展示：生而为人，皆有追求自己的人生，追求爱和被爱，追求与自己和解的自由。这是他们，也是我们。

——阿婧，本章作者

# 明天又是最好的一天 ▶

**作者按**

拾一——一个人吃饭，一个人工作，一个人住院，一个人成长……冷漠的亲情，冷漠的三十年，拾一学会了冷暖自知，悲喜自渡。

一

一九九八年冬季，辽宁锦州，所有的一切都源于青霉素，这一世上临床应用最为普遍的抗生素。

针头扎入拾一的皮下组织，青霉素被一点一点注射进拾一的血管中。天气很冷，药水很冰，冰冷的药水就像接受了某种指令一样，瞬间侵占了拾一全身的血管，直击心脏。拾一瘫坐在医院的蓝色椅子上，椅子是塑料的，散发着消毒水的味道，很刺鼻也很冰。可拾一无从顾及，他被不断升高的体温折磨得像是一摊烂泥，嘴唇干裂，鼻子堵塞，目光逐渐涣散。他眼前的父亲影像变得模糊，耳朵里尽是爷爷的叫喊声。

"拾一，醒醒！医生！你来看看这孩子怎么了！"

拾一意识不清，呼吸困难，身体忽冷忽热的，置于冰火两重天之间，他以为自己快死了。医生走过来慌乱地查看，转头质问站在一旁的父亲："孩子青霉素过敏，你们家长怎么不说?!"

医生迅速拔掉针头。针头脱离拾一的血管，可青霉素还在折磨着拾一。他在彻底失去意识的前一秒，听到了父亲的话语："这又没死，反正打不死，活着就好。"

父亲瞥了拾一一眼，随即对上医生的眼睛，嘴角向下歪，眉头紧锁，脸上显得极不耐烦。

当拾一醒来的时候，他已躺在家里。床单，枕头布，都有他熟悉的味道。他看着头顶的灯泡，那时的灯泡像是一个小灯笼，被一根灯线垂直地悬挂在房间的中央。但是灯没有打开，房间很昏暗。客厅的灯光从门下沿的缝隙钻进来，他死死地盯着那一线光。突然，门吱呀一声开了，灯没亮。

奶奶从光亮中走进房间，端来一碗白粥，淡定地看着眨着眼睛的拾一，说："醒了就把粥喝了吧。你也算是命大，过敏这么严重还能活着，以后可别感冒了。"

奶奶一手扶着拾一，一手把碗递到他的嘴边。粥很烫，可奶奶不知道。粥里加了糖，咕嘟咕嘟，甜烫甜烫的粥顺着他的嗓子眼儿一顺溜滑下去。喝了几口后，他又重新钻进棉被，可还是很冷，冷得他上牙打下牙。奶奶端碗走出房间，关上门，门缝里又是那一线光亮。

那个冬天很冷，拾一的记忆仿佛也被冻住了，他忘不了青霉素残留在他体内的怪异味道。

二

一九九一年出生的拾一，性格内敛，举止稳重，看上去不像大大咧咧的典型东北男孩，而像安静又清秀的江南水乡男孩，可他骨子里藏着倔强与叛逆。

拾一渴望被认同，又害怕失去。从单纯的受暴者到被迫的施暴者，再到好好先生，拾一经历了二十年。通常情况是，一个人长大以后对于儿时的记忆是模糊的，可现年三十岁的拾一则不然，他对儿时的记忆清晰无比。

五年级那年的暑假，天很热，窗外的蝉鸣从早晨一直吵到半夜，害得拾一常常睡不好觉。临近开学了，他每天都坐在窗台前赶作业，有一篇语文作文的题目是"我的家庭"。拾一抓耳挠腮没有思路，又咬笔头咬了很久。他忽然想到什么，立马起身。椅子忽然倒地，撞击地板，发出巨响。他没管椅子，直冲到衣柜前，打开最里侧的柜门，拿出一个小塑料箱子。拾一掀开箱盖，翻出一张颇有年头的照片。照片上，母亲穿着婚纱坐在欧式椅子上，父亲穿着西装站在旁边，两人的笑脸上满是羞涩。上一辈的人多含蓄啊，就连拍个婚纱照都不好意思。

照片有年头了，褪了色，四角也都有些许翘起。这张照片拾一偷偷藏着。除了它，家中里里外外有关母亲的念想，早在他三岁时就全部消失了，了无痕迹。他们，拾一的父母，已经离婚十几年了。

那天，拾一仔细看着照片。窗外绿油油的叶子被风拂起，风从窗户吹进房间，扑到他的脸上。一滴汗水落到地板上，吧嗒一声，他全然没察觉到这细细的声响。

两岁多的事情，拾一还记得很清楚。

一九九四年年初，父母刚离婚，都不想见到对方。偏偏不巧，父亲和母亲在一家小卖铺偶遇了。两人见面不到一分钟，先是争吵，谁都不愿意抚养拾一，然后彼此推搡起来。拾一跟着奶奶在厨房里忙碌着，锅里的那道红烧肉正咕嘟咕嘟冒着泡，还差一味老抽上色。奶奶原本在等父亲买回酱油，却等来慌里慌张跑来的邻居。

"不好了！拾一他爸和他妈打起来了！在路口那家小店里，您快去劝劝吧！"

小卖铺里满是吵闹声，绿色啤酒瓶子碎了一地。父亲的头上有一条血迹顺着脸颊延至下巴，母亲的手臂被划出一道道血痕。他们还在推搡着，拾一被奶奶拉进那场争斗，父亲把拾一一把拽过来甩到母亲面前。

"正好来了，给你，反正我不养，要养你养。"

母亲也不甘示弱，一手把拾一推了回去。

"他姓陈，可不姓张！当然是你养！"

　　拾一就像没人要的破口袋一样，被平日里说爱他的阿姨、姑姑和其他亲人丢来丢去。大人的力气远远超过他的想象，他跌跌撞撞，每个姿势都不是他能控制的，他的整个世界都在颠簸。混乱之中，没人注意到拾一的惊恐，也没人注意到他光着脚趔趄着，鞋子不翼而飞。等他们累了，人都散了，父亲瘫坐在小卖铺的门口，母亲靠在小姨的肩膀上哭泣着。拾一安静地站在墙角，身上满是推搡所致的瘀斑。拾一记性很好，却忘了自己是怎么走回家的，又是怎么睡去的。醒来的时候，他在自己的小床上呆坐很久，想着两岁孩子本不该有的辛酸。那场争斗持续了好几个月，直到法院的判决书下来：拾一由父亲抚养。

　　那几年，父亲完全割裂了拾一和母亲的往来，不给拾一任何见母亲的机会，后来连幼儿园的老师都被父亲恶狠狠地警告过。父亲一回到家，冷冷地看着拾一，一句话也不说。幼小的拾一知道什么呢？他只知道以后要跟着父亲生活了。

　　母亲怀着愧疚之心，偶尔偷偷地给老师塞钱，请老师帮忙给拾一送一床午睡的小棉被。她怕给拾一和老师找麻烦，只从门缝中悄悄地看两眼拾一。其实拾一是知道的，他认出门缝中的那双眼睛，知道是母亲的。拾一跑过去，想投入母亲的怀抱，也想抓住母亲问一问，为什么抛弃他，却又偷偷来看他。可母亲一把拉开拾一，头也不回地走了。拾一一个人在门口哭了很久很久，怎么想都没想明白。

　　上了小学后，拾一就很少哭了，却变得更敏感，也更无安全感。三年级的时候，他害怕别人伤害他，攒了很久的钱，到学校门口的小卖铺买了一把瑞士军刀。那是一把漂亮的多功能刀，拾一随身携带。平日里，同学对他的讥讽，他忍气吞声，记账一般牢记在心。

终有一日，一个男孩对着拾一叫嚷道："我妈说你妈搞破鞋，真是个臭……"

拾一没等他说完，一拳就打到男孩的脸上，另一只手从裤兜里掏出军刀，朝着男孩划去。男孩厌手去挡，手臂被划伤了，鲜血顺着手臂流下来。男孩不甘示弱，朝着拾一的肚子猛踹一踢，拾一朝后倒下去，头磕在瓷砖上，破了。父亲似乎对这样的事早有预料，一到学校的办公室，看都没看拾一，直接对着老师："需要赔多少？"

老师诧异地看着父亲，说："其实也是对方挑起的事端，双方都有错，拾一也受伤了……"

拾一眼巴巴地看着父亲把钱交给对方家长，头也没回就走了。拾一跟在父亲身后，磕破的地方被校医简单包扎了一下，纱布被染红，很明显伤口还在流血。可这一切父亲不知道，他也不想知道。

没多久，父亲再婚了。那个后妈正式入住拾一的家，或许不叫拾一的家，而叫拾一寄居的家。他十岁那年，母亲也再婚了，还给他生下一个弟弟，再后来，父亲也有了新儿子。

这个世界上似乎没有专属于拾一的地方了。对拾一来说，他所到的每个地方都是寄居之地，有时想想，自己倒像一只寄居蟹，在背着这些"地方"经过一个个其他地方。他变得更敏感，常常缩在自己的壳里，对外界尤为警觉。

五年级的时候，拾一跟着父亲来到城市，转到市里的小学。转校费花了不少，这却变相成为拾一被父亲抓住不放的小辫子。当他张口要钱时，哪怕是课本费，父亲都会提这笔钱，不时地把矛头指向他母亲，还告诉拾一长大赚钱还给他。

拾一难以融入这个家，也难以融入新的学习环境。当他过激应对外界的刺激后，父亲又被叫到学校。他终于看向拾一，劈头盖脸地说："你刚来能不能别给我找麻烦，你以为我想养你吗?!"

拾一面无表情地看着父亲，他原本知道父亲是那么想的，所以听父亲亲口说出来时并不意外，只是有点儿心痛，仅仅一点点。

抚养拾一的费用，父亲算得比谁都明白，就连一本书的钱都要和母亲对半分。一开始是父亲去要钱，拾一上了高中以后，父亲只出自己的一半，另一半让拾一自己去找母亲要。没错，父亲曾经禁止他和母亲见面，可随着小儿子的成长，父亲对拾一的态度也有所转变，还尝试着缓和父子关系。他允许拾一去见母亲，也答应拾一的一些要求，比如参加艺考。

上高中以后，拾一因出色的嗓音被老师注意到。老师找到拾一，告诉他可以走一走播音主持的路子。那时候的拾一，对学习丧失了兴趣。答数学卷子，他只做前面的四道选择题和后面第一道立体几何题，拿个三十二分，实属不错。

可老师的话让拾一看到了希望，他想让家里人看到自己出彩，以最快的速度。那么，艺考或许就是捷径。拾一告诉父母，母亲很高兴，带着拾一奔走在各大比赛赛场和各个艺考考场之间。父亲也甘愿出钱，给拾一报辅导班。那段忙碌的时光给拾一留下最充实的记忆。

高考很顺利，拾一自由了。成绩出来以后，他如愿被四川传媒学院录取。他拿着录取通知书，喜出望外地跑回家给父亲看，渴望从父亲的脸上看到喜悦什么的。父亲看着通知书，很高兴，却说："播音主持这种工作，以后应该能赚很多钱吧？"

钱？拾一不再是小孩子。他忽然明白了父亲为什么不反对他去参加艺考，也明白了母亲为什么抛弃他却又偷着去看他。

从小到大都是一样的，抛弃拾一的他们没有变，什么都没变。

一句话，一下子把拾一从乌托邦中拉回现实。拾一原本满怀期待雨过天晴出现彩虹，却没想到迎来的是无尽的暴风雨。他低下头，默默地把通知书收进行李箱，直到开学才拿出。

三

上大学后，父母分别给拾一打一半的钱。对拾一来说，足矣。在大学里，拾一一心扑到学习和实习上，曾经参加二十多个综艺节目的录制，从小编导到主持人，从小艺人再到小导演，拾一全都做了一遍，其中不乏前几年大热的综艺节目。由于长时间录节目，加上舟车劳顿，拾一终于累倒了，倒在回宿舍的路上。

拾一不死心，抓着医生的白色大褂问："必须得做手术吗？不做会死吗？"

医生瞥了一眼这个二十出头的小伙子，说："不做现在不会死，但以后可能会死。联系一下家里人吧，得住院。"

医生写完病历交给拾一，护士对着外面喊："下一位。"

拾一愣愣地拿着病历本走出就诊室，瘫坐在医院蓝色塑料椅子上，想了很久，拨通了手机里那个所谓父亲的号码。对方接起电话，手机里传来弟弟的声音："老爸，你就给我买一个手机吧！"

拾一长出一口气，又鼓足勇气，说："喂，爸！我胃里长了个东西，不严重但得住院切除，医生说得有人看护。"

父亲自觉分身乏术，说："行，我知道了。我这里也挺忙的，你要我们去照顾就再说吧，我先挂了……"

急促的嘟嘟声在拾一的耳边回响。他低下头，眼泪吧嗒吧嗒地落下来，鼻子红了，手脚也麻了。不知过了多久，他站起来，一个人签下手术同意书，交了手术费，回一趟宿舍，取来洗漱用品住进医院，准备接受第二天的手术。

局部麻醉是医学技术给胆小鬼的最大的敌意，拾一如临大敌一般战战兢兢。他能够明显地感觉到自己的皮肤被一寸一寸割开，感觉到那团东西在体内被割离。麻药的药效退去，他被不断加深的疼痛感侵蚀着。怕也就算了，难的是没有人陪。护士一再要求："你得住院，得有人照顾你，你家人呢？"

那位白衣天使很诧异，眼前这位刚做完肿瘤切除手术的小伙子竟站在护士站的柜台前问她哪里能办出院手续。虽然做了手术，但没人照顾，躺在哪儿都一样。

拾一躺在宿舍的铁床上，手触摸到铁质的栏杆，不禁打了个寒战。他想起来，上次和父亲打电话时，父亲问他在哪个城市读书，爷爷想来看看他。大一报到的时候，他和当时已近古稀的爷爷坐了几十个小时的绿皮车才到达成都。那时，他已上大四，眼看就快毕业了，父亲竟然不知道他在哪座城市读书。

按理说，一周就能痊愈的伤口，前前后后拖了几个月才完全恢复好。

痊愈后的拾一重新投入工作，凭借自己的努力和漂亮的履历，被当地一家卫视录用。爷爷听说后，不断给他打电话，要求他参加研究生考试。他和拾一说，别人家的孩子都知道上进，怎么拾一就不懂。当时，距离考研已不足一百天，拾一却赌气参加了考试，没想到就那样考上了武汉体育学院的新闻系。

更令拾一意外的是，考上的那一刻是新的噩梦的开始。因为读研，他放弃了梦寐以求的工作，和曾经的经历割裂开来。看着老同学在岗位上发光发热，他自己感到很难过。家里还频频抛来压力，要求他毕业后必须到体制单位工作。本来就是被迫的选择，拾一想想自己的境遇，越发焦虑不安。

拾一开始失眠，整夜整夜地睡不着觉，盯着宿舍的天花板，想过从宿舍楼跳下去。心理医生给出诊断结果：重度抑郁和重度焦虑。

毕业后，拾一也想回到曾经的行业，可每进入一家公司没多久，不是节目停播，就是合伙人出走，要不就是公司倒闭。是不是自己的选择错了？他屈服了，进入一家国企，一干就是两年，反倒平淡和自在了。

父亲不再干涉拾一的生活，只是常常打电话要拾一回去，和那个患了抑郁症的弟弟谈一谈。拾一看着弟弟，用网上学来的安慰自己的话语和他交流。他多么羡慕弟弟，有人关心，有人开导。

拾一自己也是一个抑郁症患者啊！可没人关心他，能治愈他的只有他自己。

## 四

小时候，拾一总以为家是自己的依靠，父亲可依靠，母亲可依靠，爷爷也可依靠。可三十年过去，拼出一条血路只能靠他自己。

三十岁了，拾一依旧没有逃脱原生家庭的阴影，连抽烟的动作，甚至弹烟灰的动作都和父亲一模一样。拾一害怕了，害怕自己成为像父亲那样的人，更害怕变回那个只会寄居的自己。

拾一在朋友的眼里是个好好先生。敏感的他很会察言观色，懂得看人脸色，学会寄人篱下。在任何场合，他能一眼断定谁是主角，谁在阿谀奉承，身边的人对他的评价不外乎会照顾人、懂得照顾情绪。

拾一曾经思考了很久：人活一辈子是为了什么？

爱情？拾一谈过几段恋爱，可他更愿意一个人待着。如果结局都是失去的话，那么不如没有开始。成年人对待快乐都是小心翼翼的，生怕快乐一不高兴就溜走了。

治愈自己是拾一近年来学会的新本领。不强迫自己过度忍耐，减少对自己的苛刻，想哭就哭，想吃就吃，偶尔的暴饮暴食也未尝不可。现实生活中没那么多反转，人生最重要的三部曲：与他人和解，与过去和解，与自己和解。这两年，过着平平淡淡日子的拾一不断与自己和解，也明白了人生是由不断的自我反思充实的。

拾一选择在北京工作、定居，尽量离家远一点儿。从写字楼的落地窗向下望去，半夜十二点的灯火依然很亮，照亮了整座北京城，也照亮了拾一的面庞。所有人都有治愈自己的能力，在下一次遇到困境时，要么有了免疫不会重蹈覆辙，要么再陷进去却不如往昔那般痛苦。以后，拾一可能会去做自己喜欢的事，也可能再一次面临似曾相识的不顺。但是心境不同了，总归能应对吧，拾一这样想着。

二〇二〇年年底，拾一在北京安定医院复诊，相比较之前的重度抑郁，病症缓解了很多，药剂也减少了很多。

拾一回到住所，昏暗冰冷的房间被他带回的烟火气瞬间盈满了。炉灶被打开，煤气被点燃，红红的火苗与平底锅底缠绵，锅里的菜咕嘟咕嘟冒着小泡。房间逐渐回暖，他笑了一笑，心想——

今天不赖，明天又是最好的一天。

# 让色彩覆盖所有
## 黑暗 ▶

**作者按**

怎样从不堪的家里逃离？怎样让阴暗的角落里长出一朵向阳的
花？又怎样去热爱生活？路遥孤独前行了多年，但眼里不变的
是光。

一

夜色渐渐深了，雨夜人烟稀少的街道，少年模样的路遥穿过歪七
扭八的小巷，电线杆上投下来的灯光明晃晃地将他的影子拉长。雨点
落在潮湿的地面上，像一团团黑色的墨水晕开了。

路遥穿着黑色运动鞋一脚踏入水坑中，激起一阵水花。他浑身都
淋湿了，头发和衣服都紧紧地裹在身上。脚步越来越慢，一步接着一
步，走得越来越艰难。临近家门，路遥站在楼底下，抬头望向家里的

窗户，明亮的灯光从窗口倾洒下来，光亮中夹杂着微微细雨，闪烁着淡淡的金光。随灯光而来的，还有父亲酒醉的声音。他絮絮叨叨地与他的酒友谈天说地，母亲叮叮当当地洗碗。碗筷碰撞的声音似乎在告诉路遥："这是你的家，你总得回去。"路遥望着细雨金光眯起了眼睛，两只手插在衣服口袋里暗暗攥紧了拳头，像是下了多大决心似的，抬脚踏上了楼梯。

吱呀一声，门开了。母亲忙着过来，接下路遥身上的书包，埋怨着路遥怎么上学不记得带伞。父亲已喝得酩酊大醉，瘫坐在饭桌旁的椅子上，眼神迷离地看了一眼路遥，随即又拿起白酒瓶喝了一大口。路遥没有理会他们，转头进了卫生间，脱衣，洗澡。

路遥在床上翻来覆去睡不着，耳边全是父亲对酒友所说的胡话，无非是吹嘘自己年轻的时候多么厉害。母亲在一旁不停地劝酒，无数嘈杂的声音在路遥的脑子里回响。路遥拿起枕头捂住自己的耳朵，却毫无用处。连续好几年了，按理说，他应该早就习惯了这样的生活，可今天的路遥无比烦躁。或许是这雨夜的缘故，或许是心情不佳，又或许是长期的忍耐让他达到了无法忍受的程度……

路遥像一头猛兽冲出房间，对着父亲吼道："能不能别吵了，我明天还要上学！你每天就知道喝酒！喝酒！喝酒！"

一听这话，本就喝多了的父亲抽搐着嘴角，死死盯着路遥，拿起手边的一把木质凳子就朝他砸去。路遥下意识地用手一挡，哐当一声，凳子摔到地上，顿时散了架，四只凳腿被甩到各处。

父亲并不解气，大骂道："要不是老子，你能上得起这么好的学校吗？你当你是什么东西，敢对老子大呼小叫？我今天非治治你不可，真当老子喝醉了！"

父亲转头走进厨房，拿起母亲刚擦洗完的菜刀要砍路遥。

上了初中的路遥，个子长得飞快，早已超过父亲。路遥死死地盯着父亲的眼睛，发出一声低吼："你最好今天把我砍死！"

母亲连忙捂住路遥的嘴，颤抖地说："你这孩子，他可是你爸爸，你可不能说这种话。"母亲的眼泪不断滚落下来，父亲不断砍向路遥。一时间，整个客厅变得混乱不堪。父亲的酒友上前劝架，制止住发了疯的父亲，以及不断反抗的路遥。

其实，路遥也不怎么想反抗，只是在内心填满对父亲的憎恶。他对那段往事最深刻的记忆来自手臂上的瘀斑，过了好几个月才完全消散。直到现在，阴雨天气，右上臂都会时不时地疼痛。

## 二

一九九八年，路遥出生在广西河池，和边城百色接壤的地方。

路遥从出生开始就和爷爷奶奶生活在农村。一个人的童年若是在农村度过，那里大抵会成为他心中永远的乐园了，路遥便是如此。九岁之前的路遥，把家乡奉为世上最好的地方。

农村生活无忧无虑，连上学也成了一件玩乐的事情。路遥没想过自己未来的生活，一个八岁孩子能知道什么呢？路遥在乡下和爷爷奶奶的生活是幸福的。清晨五点，奶奶就起床淘米煮粥，米粒伴着水一股脑倒进铁锅中，叮咚作响。火苗忽地蹿起来，炉灶里不一会儿工夫便飘出了米香。

只是路遥没想到，九岁之前的温馨时光会是他的全部童年。

那时候，父母不常回家。在路遥没有真正和父母生活在一起之前，路遥印象中的父亲没有这般不堪。那时候的父亲每次回家看望路遥，都会给他带一些稀奇玩意儿。幼时的他对于甜的概念，仅限于奶奶糖罐子里的冰糖。当父亲第一次在中秋节带回月饼的时候，他才知道世界上还有这样神奇的甜味。父亲欣慰地看着他，满是笑容，他靠着城里的月饼吸引了一大波小伙伴的羡慕目光。

所以当父母说要接路遥到城里去上学的时候，他是开心的，更是激动的。城里是个什么样的地方呢？

应该有更高的楼，更好的教室。

当母亲把路遥领到城里的筒子楼的时候，路遥望着不高不矮的楼房，看到院子里无数的玻璃酒瓶，觉得自己离过去似乎更远了一些。路遥手足无措地站在新家门口，窄小的屋子里，黄色的灯光把地上的几个酒瓶照耀出刺眼的光晕。

对门的邻居，大门虚掩着。路遥透过门缝看到地上数不清的酒瓶以及针头注射器。邻居阿嬷以一种十分怪异的样子躺在沙发上，抽着烟，烟雾一圈一圈地把她的脸庞笼罩住。邻居叔叔打开门，笑盈盈地看着父亲。

"终于回来了啊，这是你家的小子啊！"叔叔说罢过来捏路遥的脸颊。

路遥狠狠地瞪了他一眼，随即甩着脸进了家门。

"怎么样？晚上搞两瓶？"

父亲接过烟，打火机瞬间点燃烟尾。身上的汗味混合着烟味、酒味充斥在路遥的鼻腔里，他顿时恶心起来。

父亲的丑态从路遥到家的第一天就显现出来。父亲极度爱喝酒，连同自己的狐朋狗友，没日没夜地在家里喝酒，一周七天几乎要喝四五次。而最可怕的是父亲发酒疯，母亲力气小，没有办法拉住父亲，就任凭父亲摔打家里的东西。他常常吵闹到下半夜，让路遥无安稳的觉可睡。他在上高中寄宿之前，几乎没睡过一个整觉。

父亲是家中八子的老大，但是从来没有担当起作为大哥的责任。父亲的酗酒对路遥的生活产生了巨大的影响。喝完酒的父亲即使不发酒疯，也会絮絮叨叨，到三四点也不睡觉。

小时候的路遥没法反抗，软弱的母亲也在不断告诫他要忍。在一定程度上，路遥对母亲也是厌恶的。她起早贪黑在农贸市场上班，还要照顾酗酒的父亲，却从来没有反抗过。小学时的路遥不明白，而长大后的路遥也不明白。

路遥家院子里整整齐齐地摆了一排酒瓶。那时候，路遥稍稍开心的事就是卖酒瓶。一个白酒瓶能卖一毛钱，一个啤酒瓶能卖四毛钱，而路遥那时的零花钱每天只有一元钱。他靠着卖酒瓶，赚了在当时看来天大的钱财。

长大后的路遥把存钱当成一种乐趣，看着银行卡上的数字变得越来越大，他的心里也拥有了巨大的安全感。他从小就知道只有攥在自己手里的钱才最可靠。

三

曾经的河池城是路遥心中除了家庭的另一个噩梦之地。

幼时的路遥并不知道他所处的环境有多么不堪。在河池，吸毒是司空见惯的事情。路遥从小见多了瘾君子，常常觉得自己是异类。在河池，像路遥这样安安稳稳地上学，一路上高中、上大学的人不是没有，可起码不是很多。相对来说，大多数的同龄人到了初中就选择了辍学，有的后来甚至进了监狱。

小学时，路遥去阿姨家，要经过一条长长的小巷。在路遥的记忆中，那条巷子又黑又长，两旁的小土堆上满是使用过的针头。路遥的手被母亲紧紧拉着。他侧过身子，眼睛瞥向瘫坐在电线杆旁的男人。那男人嘴皮泛白，有着瘦成骨架子的人形模样。他急匆匆地撸起袖子，用嘴撕开注射器的包装，一股子药水的味道在空气中弥散开来。针头扎进皮肤，药水进入身体，男人一脸舒服的神态，像是得到了释放一般。他眼神迷离地看着路遥，路遥被母亲强制扭头，快步走过长长的巷子。男人的身影在路遥眼睛的余光里变得越来越小，直至不见。

那不是路遥第一次见到有毒瘾的人。上小学四年级的时候，路遥站在厕所门口，深吸一口气，推门而入。三三两两的人聚集在厕所，从下水管里拿出针头，熟练地给对方注射。还有几个从口袋里翻出透明塑料袋，里面装着白色粉末，倒在银色的纸片上。吧嗒一声，打火机的蓝色火焰点燃了白色粉末。一群饿狼像是看到了许久未见的鲜肉，以吞的方式吸食着袅袅烟雾。厕所顿时成了所谓的"乐园"。

路遥在洗手台上洗手，瞥到镜子里的人。镜子里的人没骨头似的靠在白色瓷砖上，点点烟灰掉落在地上。有人摇摇晃晃地走着，把烟灰扬起。路遥盯着他们，忘了双手紧紧地攥在水流下方，完全没意识到自己的指甲已深深嵌入手心。他脸色苍白，吓得原地不动。一个男生晃悠到路遥面前，慢吞吞地吐出一口烟雾。烟雾一圈一圈地在路遥的脸上散开，他们看着路遥，哈哈大笑。路遥的眼神变得空洞，好像看到了什么更可怕的东西。他狂咳了起来，一时间，分不清刚刚所见的是现实还是虚幻。

路遥快步走出厕所，身后尽是嘲笑声。他在座位上思考了很久，也没有想明白，说到底他那时不过是个孩子。

随着国家的禁毒力度不断加大，这样的情况，在现今的河池几乎没有了。仿佛在岁月中，成长的不仅仅是路遥。


四


离开农村，来到城市上学的路遥，渐渐有了多种不适应。让路遥难受的不只是喜怒无常的父亲，还有学校的种种，一切和曾经都变得不一样了。路遥是插班生，即使上过一年小学，也被强制要求重读一年级。他不高兴，却无法反抗，毕竟他上这所城里最好小学的机会是父母费力争取到的。

渐渐地，路遥有了爱上这里的理由。老师除了教课，下课后也会说说课本以外的知识。路遥就像一块干瘪的海绵遇到了水流，狂吸大量知识，他爱上了看书，更爱上了学习。

与其说爱上学习，不如说，学习好的路遥让自己变得更有底气。在学校里，路遥因为成绩好而得到老师、同学的关注。相较于父母从不过问的家里，路遥的虚荣心在学校得到了极大的满足。

可路遥在同学面前也有自卑的时候。父母对他有着严格的经济管控。同学平日里的零花钱是路遥的七八倍，他们可随意给游戏充值，再约着一起玩。那是路遥可望而不可即的。兜里寥寥无几的硬币，轻易把路遥和他们隔开。

成绩是路遥唯一的底牌。靠这张底牌，路遥考进了数一数二的初中。上了初中后，路遥发现身边的"准社会青年"更多了。他们不在乎学校好不好、成绩好不好，只在乎有毒的"时髦"。路遥无法想象他们的未来，可他知道，自己不能成为那样的人，他要靠读书走出去，到外面看看。很多年以后，路遥才明白，其实是那时的自己救了现今的自己。

通过努力学习，路遥考进全省排名前几的重点高中。由于成绩和体育的优秀，路遥再次成为老师和同学眼中的优等生。原以为逃离了家庭，没有了父亲，远离了复杂的初中同学，他就可以一心一意学习了。不料，再好的学校也有差劲的学生，都是那些大门大户花钱塞进来的择校生。他们不学无术，每天想着翻墙去玩，还拉着路遥一起去。路遥深知拒绝就会得罪人，而他们是得罪不起的人，可他鼓起勇气拒绝了，一次又一次。次数多了，他就被孤立了。

不仅如此，家里每个月只给路遥够吃饭的八百元。学校的餐食并不便宜，即使他每个月再省着吃，所能支配的零花钱也所剩无几。上高中前，路遥对于各种名牌服饰和鞋子的认识仅限于电视广告。而进入高中后，同学们的攀比心渐渐萌生，一双动辄七八百甚至上千元的鞋子让他望尘莫及。父母认为男孩子没必要穿得多好。结果，一双球鞋路遥穿了整整三年。他无数次想求父亲给他换双鞋子，可每次到嘴边的话都随着父亲一个又一个酒瓶子打碎了。

路遥并没想攀比，只是身边同学不停地嘲笑他，让他陷入自卑的泥潭，越陷越深。路遥曾因认不出名牌鞋而被锁进厕所，曾因随口问了一句什么牌子而被吐槽"乡巴佬"。无尽的嘲笑纠缠着路遥，没日没夜。

悲伤就像装满水的杯子快要溢出来了。路遥无数次爬到学校新建的大楼楼顶，向下望去，学生密密麻麻的，三三两两地并排走着，每个人都有属于自己的小团体。只有他是孤独的，又像是多余的。

路遥在日记本里写道："我用刀划破我的皮肤，这让我感到疼痛，让我感到自己还活着，可是我不想活了。"

由于抑郁，路遥的成绩一落千丈。学校的心理辅导老师注意到他，陪他聊天，尝试纾解他的压力，打开他的心结，一次次地把他从自我放弃的边缘解救回来。如果不是他把路遥从教学楼的天台上劝下来，或许就不会有现在的路遥了。

毕业多年后，路遥去学校看望老师，感谢他当年的开导。老师看着眼前这个意气风发的大男孩，微微一笑。

"其实，你应该感谢的是你自己，不是我。"

生活的根基常常在于一颗平常心。很长一段时间里，路遥都依赖平常心走下去，它如同涓涓细流穿梭在山间田野，最后汇入大海，决绝又义无反顾。是啊，路遥最该感谢的人是自己。他爱读书，他爱坚持，经历了这么多却放弃，他觉得亏。他还得用色彩覆盖所有黑暗，而这一切，都如同平常心一样自然，没有丝毫刻意。总之，他放弃了放弃的念头，把它远远地抛向身后。

高考后的路遥离开了河池，去了距离老家几千千米远的沈阳。上了大学的他拥有了自己的天地，那个自信又骄傲的他回来了。他像是上了发条的机器一样，誓要抢回高中那段黑暗的日子从他身上夺走的诸多可能。通过各项比赛和多场讲座，他结识了越来越多才华横溢的人。创业赚钱是他最骄傲的事，从他只身一人到一个团队，从亏损到月入几万元，他体会到成功的喜悦。四年的时间，他彻底解救了自己。

## 五

又是一个雨夜，五月的沈阳常常下雨。雨滴淅淅沥沥地落在路遥的头上，雨水顺着他的发梢流到脸颊。夜渐渐寂静下来。

路遥快步跑到宿舍门前，站在雨搭下稍做歇息。他出神地看着这绵绵细雨，它们被宿舍窗户投出来的灯光打得通亮。

"路遥，干啥呢？回去赶论文了！"

室友从背后拍了一下路遥的肩膀。路遥回过神来，抖抖身上残留的水珠，跟着室友上了楼。

毕业的日子越来越近，校园时光越来越短，路遥的工作定在了北京。此时的他算得上半个社会人士，常常往返于沈阳和北京，工作、学习和生活平衡得很好。

"世界上只有一种真正的英雄主义，那就是在认清生活的真相后，依然热爱生活。"

差的生活环境没能扼杀年少的路遥，他幸运地走出一条属于自己的道路。他的自我拯救是成功的。有时候，他也在想自己究竟能走多远。这不是怀疑，而是憧憬。

想着想着，微笑挂上嘴角，路遥安心地睡去。

# 越过黑暗的星辰 ▶

**作者按**

两岁的秋秋学会了寄人篱下的克制，十岁的秋秋学会了看人脸色，二十岁的秋秋学会了只为自己活。星辰会越过黑暗，秋秋会慢慢解开死结。

一

噔噔噔！高跟鞋跟和木质地板在一磕一碰之中发出清脆的声音，秋秋的耳膜被轻微震动着，她很笃定地听到脚步声越来越近。

秋秋嘴巴里的话梅还在舌头下，她紧张而又贪婪地吮吸着话梅最后的味道，手里紧紧攥着铅笔，脚步声渐渐轻下去。秋秋知道她在门口了，马上要开门了。牙齿慌乱地寻找话梅，咯吱一声，咬碎了话梅核，一股子酸味顿时盈满了整个口腔。一阵风，门被重重打开，那个名义上的母亲就这样死死地盯着她，似乎空气里也有这话梅的味道。她冲过来，用尽全身力气掰开秋秋的嘴巴，把自己手指伸进秋秋的喉咙，将残碎的核掏出来。一系列猛烈操作过后，随之而来的是无尽的责骂：

"你在吃什么？

"你从哪里拿来的吃的？

"果然是个小偷！

"你记住你永远是个小偷！"

她疯了一般把秋秋的书从书桌上横扫下来，用力扯着秋秋的衣领，来回摇晃，死死地盯着秋秋。秋秋不敢看她的眼睛，那双眼睛仿佛是一潭死水，看一眼，她就坠入万丈深渊。"啪！"手掌和脸颊发出清脆的一声，五个深红的指印霎时在秋秋的脸上显现出来，脸颊开始火辣辣地疼。突袭以一个响亮的耳光结束了，与其称为一场战争，不如说是一个人的发疯更为贴切。

一切终于平静了，散落在地上的笔记本和文具在此刻也都变得残破不堪。秋秋瘫坐在地上，望着还残留着秋秋口水的破碎的话梅核发了呆。嘴角因为那个女人的凶狠，撕裂了，微微干裂的嘴角渗出点点血迹。她好像想起了什么，平静地站起来，轻轻锁上门走到卫生间，从水池的凹槽处艰难地拿出一个刀片，打开莲蓬头，魔怔般在自己的手腕上不断割开新的伤口。鲜血顺着水流流进下水管道，没有人知道这些属于秋秋的血水会流向何处，秋秋就这样静静地看着。她打开地漏，让血水流得更快些，丝毫没听到楼下的吵闹声与玻璃杯的破碎声。

秋秋脑子里满是那个女人的样子。该叫她什么呢？与其说是母亲，不如叫养母来得更为贴切，或者说——大姨。秋秋到了十岁的时候，才明白有时候活着比死去更难。不知道从什么时候起，家对她而言是个地狱，或许从一出生开始，当她的第一声啼哭划破清晨寂静的时候。任何看似平静而又普通的一天，都是她的噩梦。

幼时的秋秋，对于亲人和情感的认知是天真的。优渥的生活和变态的家庭，让她觉得事实上就该如此，所有人的家都是这样的。两岁时的秋秋知道什么呢？她什么也不知道。她不知道那个只会向别人讨要钱财的亲生母亲将刚会走路的她用绳子绑着送给养母；她不知道那个亲生父亲只会酗酒、抽烟以及出轨；她不知道那个主动提出要抚养她的大姨只把她作为自己的附属品；她甚至也不知道平日寡言少语的养父，有一天会因为她不小心吵闹到他们的亲生孩子而对她吼叫。

这一切，小秋秋都不知道，但是十岁的秋秋知道。

成年后的秋秋常常想，如果自己能够早一点儿意识到，这个所谓的家只是自己的寄生之所，那么她发誓，她绝不会那般想当然，对家抱有一丝幻想。

二

一九九七年寒冬，两岁的秋秋终日被绑在窗台上。房间昏暗，只有一盏老式钨丝灯在瓦房的房梁下吊着，灯泡发出微弱的光。母亲出门前朝秋秋看了一眼，便背上工作包出门了。秋秋一个人扒着窗台，透过透明的塑料薄膜去探索这个未知的世界，从窗户的缝隙中去吮吸它的味道。有一天，大门破天荒地在白天打开了，是二姨。秋秋两只大眼睛看着走进来的她，手指在嘴巴里吮吸着。身子和窗台合成一体，二姨见着秋秋，动了恻隐之心，给她松绑。秋秋高兴地在窗台边跳着，二姨看到秋秋开心，没多想，便去厨房做饭了。厨房里吸油烟机轰隆响起，锅碗瓢盆乒乓作响，秋秋想望向更远的地方，她站起身踮起脚，用手去扒窗台。手劲支撑不住她自己，一个踉跄，一条腿插进暖气片和窗墙的夹缝里。秋秋的大腿卡在那儿，被热气一下子包裹。她号啕大哭，却哭不过厨房的嘈杂声，无力地挣扎着。等到二姨发现的时候，秋秋已被严重烫伤。

母亲回来看着躺在床上的秋秋，看到那一大片烫伤，叹气了许久。她似乎想到什么，出了房门，打电话给刚回国的大姐。但是这一切，秋秋已没了多少记忆，她只记得那年冬天特别冷，腿上特别疼，以及那个疤痕。现在，这个疤痕或藏在她的小裙子下，或藏在她的裤腿里，更藏在她的心里。

等到秋秋再有记忆的时候，身边的环境已经变了。秋秋的家从破旧的瓦房变成几层的小别墅，她从暖和的公主床里醒过来，睁眼看到天花板上的水晶灯，晃得直闪眼睛。水晶灯的亮光从墙面反射来，把整个屋子照得亮堂堂的，她还以为是阳光明媚的白天呢。

迎面走来的不是母亲，变成了大姨。大姨唤着秋秋，让她喊她妈咪。

从那时起，秋秋的生活不再是秋秋的，而是别人的。

秋秋是在什么时候意识到她的生活不再属于她？是在她十岁读艺校的时候？是在被学姐逼着学抽烟的时候？还是被她们按在厕所的洗手池里被水呛到的时候？又或许是那时候吧，一个学期三百多节课，秋秋只去了几十节课的期末，躲在寝室里自残的时候吧？又或许是因为吃了冰箱里的一个苹果被养母当成贼来打的时候吧？秋秋也忘记了，只是秋秋意识到的时候，她已经丢了自己的生活。

养母或许是爱秋秋的，但更多的是控制。秋秋第一次见到养母，她笑容可掬的样子让秋秋一点儿也不怕生。但是不知道从什么时候起，养母开始变得喜怒无常。可在秋秋担惊受怕的日子里，起初她还拥有养父，可他们的孩子，也就是秋秋的弟弟出生后，她很快就"失去"了养父。

"安静点儿！别吵我儿子！"

开心的秋秋瞬间冷却了心情，她吃惊地看着那个平日里寡言少语的养父，那个受人敬仰的大学教授。养母抱着弟弟从房间里走出来，用极度厌恶的眼神瞥了一眼秋秋。

秋秋隐忍着泪水，转头望向厨房里的亲生母亲，想抓住一点点寄托。她依旧有条不紊地切着番茄，甚至都不曾抬头看一眼自己的女儿。在那一刻，秋秋对一切好像都明白了。明白所表现出来的也不过是她开始极度讨厌番茄，甚至还有番茄酱以及番茄味的薯片。自那以后，她更会藏匿自己，藏匿自己的身体、自己的情感、自己的情绪、自己的表达，任何她自以为能掌控的事物都被她藏匿在那个情感黑洞中。

反抗过吗？

好像有吧。在养母发现秋秋开始抽烟喝酒的时候，她似乎得到了神的旨意，在养母面前娴熟地点燃一支烟。养母疯狂地打着秋秋，对她吼叫道："你以为你能做什么？你这样白瞎了我对你的培养！你这样能嫁进豪门吗？你现在就是一摊烂泥，你这身子都没人要！"秋秋对她不抱希望，却还是被惊到了。对养母来说，她对秋秋的教育不过是为了能有个豪门亲家；而对秋秋来说，她和她热爱的舞蹈，以及弹琴、插画等技能不过是养母满足一己私欲的工具。

养母和养父，秋秋都厌恶。这个家的大人们都是秋秋的痛苦源泉。她在想，谁能救救她？

生父？秋秋和他几乎没有互动，自然也不会有所期待。对于父亲，秋秋是漠然的，是无所谓的，更是鄙夷的。明明他生活在秋秋的身边，却从没给过她半点儿关爱。他让生父这个角色尴尬，他根本配不上人父的头衔。他的爱是什么呢？是花天酒地，是伸手要钱，也是啃定妻子。

生母？她想到那个可笑的女人。她是家里七姐妹的老幺，任何事情都由长姐做主，完全没有自主能力。她扮演着养母家的钟点工角色，扮得很勤恳、很称职，连对秋秋的遭遇都视而不见。秋秋见过养母给她结工钱的时候，生母见到钱时的盈盈笑脸，拿到钱后的阿谀奉承，秋秋想起来心里就泛起一阵恶心。

不可否认的是，从某种意义上来说，生母是聪明的，她知道丈夫不可靠，就早早地把女儿交给有钱的大姐抚养。而在女儿长大后，她也明白了，大姐也不足以成为她后半生的依靠。那么，连到医院挂号都不会的她怎么办？只有依靠与她血脉相连的女儿。她没日没夜地给女儿打电话，寒暄无聊的话，可潜台词永远是别抛弃她。秋秋对生母的态度是矛盾的，管还是不管？管，她过不了自己这一关；不管，她过不了情理这一关。她虽不情愿，但还是管了。

秋秋这般犹豫，是因为她在遭受痛苦的时候，也在为他们洗脱"罪名"。生母拿人手短，根本没底气庇佑她；养父仅仅是护子心切，没有别的恶意；生父有自知之明，不能过分关照别人户口本上的女儿……每当这么想的时候，秋秋就会尝试认定这是个正常的家庭，有着正常的家人，她爱他们每个人。

曾有一次，秋秋以为她和养母的关系迎来了春天。秋秋大学毕业前，养母有一天破天荒地敲响秋秋的房门，关心秋秋以后的打算。秋秋以为她变了，小心试探地说上两句，确保安全无虞后，便滔滔不绝地向养母畅谈自己的未来，比如她想当一名义工。养母的耐心和温柔让情感干涸的秋秋有了一点儿幻想，那一夜她睡得很甜很踏实。然而，第二天一早，养母偷偷地对舅舅说："你知道吗？她想去当义工，她想啃老！"

人性的可悲之处在于：我以为。

那一刻，秋秋不再犹豫，彻底放弃幻想。

三

　　每个人都会遇到许多朋友，有的朋友还会成为知己，就像小月一样。秋秋是在舞蹈房遇见小月的。那天天气很好，阳光从窗户透进来，小月翩翩起舞。舞动的衣袖搅动着周遭，细碎的阳光和飞扬的尘埃把小月团团围住。女孩子的友谊总是开始得很奇怪，善良又热情的小月第一次见到秋秋的时候，觉得这个女孩怎么话这么多。

　　下班时的雨很大，小月站在舞蹈房楼下，看着倾盆大雨。正发愁怎么去地铁站时，一把红色的伞在她头顶撑开，秋秋笑笑说："一起走吗？我也去地铁站。"

　　秋秋好几天没来上舞蹈课了，小月翻出学员信息，顺藤摸瓜地找到了生病的秋秋。门一开，小月对上的是一张苍白的脸。她吓坏了，连忙带着秋秋去了医院。秋秋在医院住了一个星期，小月陪了她一个星期。

　　长久以来，秋秋没什么归属感，直到遇见了小月。小月看了秋秋腿上的疤痕心疼不已，秋秋把小月当成自己唯一的倾诉对象。在与小月一起的日子里，秋秋变得像秋秋了。她终于知道了，原来自己也配拥有晴天。

　　二十多年来，秋秋卑微又坚强地活着，原来是为了遇见知己、拥抱晴天。幸好，她放弃的是幻想，不是她自己。她由衷地庆幸。

　　女生是能够理解女生的。两个人只要磁场对了，就能做一辈子的朋友。两个女孩一起逛街，一起吃饭，一起租房，一起在偌大的北京城里好好活着。小月带着秋秋好好活着。

秋秋和小月已认识了五年，日子好到让秋秋以为这辈子都会这样过去，自己也不会再有那些奇奇怪怪的想法。可新冠肺炎疫情打破了这份宁静，秋秋和小月失业了。小月觉得一切都有奔头，不着急，总是可以过下去的。但长时间没有收入让秋秋产生了焦虑，她熬不下去了，经常和小月发生争吵。

小月说："你有没有觉得你和你养母很像？你就打算这样对待我吗？"

一句话把秋秋打回现实，平日里的片段闪过：咄咄逼人的秋秋、情绪化的秋秋、摔东西的秋秋……都像无比讨厌的那个她。小月只说了那个她，秋秋却怪那个房子里的所有大人。对秋秋而言，最痛苦的莫过于她身体里流着他们的血，她极力逃离他们，看上去都成功了，却想不到自己一点点地成为他们。她意识到，自己身上全是他们的影子：养母的霸蛮，养父的冷漠，生母的懦弱，生父的逃避。荒谬！她最厌恶的人是现在的自己！

自从小月离开后，秋秋的生活一团糟，烟和酒是她的寄托。她摸到打火机，点燃烟盒里的最后一根烟，大口吮吸着。窗外，华灯初上，北京城的繁华和热闹，与秋秋的孤独和寂寞形成强烈的反差。烟尾燃烧着，烧到了食指和中指，秋秋没有放下。最后一口酒喝光，空瓶子扔到床底，叮叮当当，那里满满当当都是空瓶子。

秋秋掐掉烟，把自己缩起来，睡了过去。

# 四

秋秋是个什么样的人？其实，她自己也不知道。从某种意义上来说，很难用好女孩或坏女孩来形容。秋秋二十几年境遇不佳，她常常觉得人生既厚重又难熬。可骨子里的拧巴和悲哀，习惯性的自我封闭和自我消耗，终究会在想开了的那一刻归于平静。她想向过去告别，更想拥有自由的灵魂和美好的未来。

二〇二〇年，秋秋的生母生了一场病。秋秋在忙前忙后的日子里，好像也找到了生命的意义。生病的母亲变得无比听话，事事都顺着秋秋，乖乖地遵照医嘱吃药，甚至在痊愈后还找到了工作，在电话里高兴地告诉秋秋她赚了多少工钱。那一刻，秋秋觉得自己不再是生母的神灵，生母也不再需要她去拯救不如意的人生。一切都会变好的，人人都会变好的，是吧？

秋秋在地铁上坐着，没戴耳机，看着人来人往，看着大家活着的样子。生命的气息盈满了她的身心，这不失为一种好的感觉。秋秋清走了堆积的烟蒂和空酒瓶，尝试过正常人的生活。渐渐地，一个人也愿意出门走走，心血来潮时，还会踩踩路灯下的影子。

二〇二一年五月，秋秋再次遇见小月。两个人面对面地站着，什么话也不说，眼泪簌簌而落。上前，相拥在一起。女孩和好常常也没有什么特别的原因。或许是秋秋不想做回自己，只想做个开朗快乐的秋秋吧。

是的，一切都会变好的，人人都会变好的。秋秋无比热爱夜晚，夜晚是亘古不变的。每当夜幕降临时，即使城市的灯光再亮，也会有几颗星星使劲燃烧自己。那光亮穿透灯幕，映入秋秋的眼，陪她度过数千个夜，直至黎明才依依不舍地离去。

现在，秋秋终于知道了，星星不曾离去，就像人的信念一样，即使白天，它们也在。

**作者按**

一次次的背叛与出轨，肖肖明白了一成不变的只有自己。把自己从死神手里拽回来的肖肖，忽然在黎明破晓的时候，找到了自己的意义。

一

天空渐渐昏暗下来，已经下午四点了，天边的颜色从蔚蓝色变成一种十分可怕的红色。

肖肖忘记了自己是怎么醒过来的，也忘记了自己是怎么从高速路口的对面到这边来的。白色的轿车停在加油站，门还半开着。而此时此刻，她整个人以一种非常奇异的姿势瘫坐在木椅上，不断挣扎着眼皮，眼睫毛和下眼睑已粘连在一起。肖肖用力揉搓着眼睛，缓缓睁开。眼睛看不清来人，迷迷糊糊的，好像有一道白光。她泛起一阵恶心，白色药丸伴随着无尽的酸水大口大口地吐了出来。

"大妹子，你还好吧？"

操着一口东北话的大哥吓得肖肖一哆嗦，耳边全是喊着自己名字的声音，一声接一声。

"肖肖！"

"肖肖！"

…………

肖肖又昏睡过去，蒙眬中，好像看见了父母、姐姐，还有哭泣的豆豆。

"妈妈，你怎么了，你醒过来啊……"

撕心裂肺的哭腔。豆豆的小手拉着肖肖的衣角，死死地攥着不肯放。今天或许是起床太着急了，平日里梳理整齐的两条小辫零零散散地耷拉在豆豆的肩头，连袜子都穿成不一样的颜色。肖肖睁不开眼，耳边却无比清晰地回荡着豆豆的声音。她拼尽全力，想要伸手去摸摸豆豆的头，微微颤抖的指尖却像被禁锢一般，难以向前。

肖肖沉沉睡去……

二

肖肖，一九八八年出生在内蒙古根河市。在冬天，那是中国最冷的城市，漫山遍野都是雪。有气象记录以来，根河创下我国最低气温纪录——零下五十八摄氏度。天是冷的，人心却是暖的，还像那雪花一般纯洁。肖肖出生在普通家庭，有个姐姐。肖肖幼时，她是被家人捧在手心里的，虽然没有达到溺爱的程度，但她的童年总归是快快乐乐的。父母都很勤快，全家人的生活也算是温饱有余。父母希望自己的女儿们成才，希望她们可以照着父母给出的规划走着。在她的认知中，父母是一切，更是未来。彼时的肖肖也不会想到有一天会和这个家庭对抗，会和疼爱自己的父母对抗。在肖肖的记忆里，与外界似乎没有过多的交集和感知。平平淡淡地上学、读书，和长姐打闹，争抢家里的最后一块桃酥，讨要父母多一点儿的偏爱。

少女时期的肖肖，常常是家和学校每日两点一线地来回，简单而又纯粹。她对外面的世界抱有一定的好奇心，而更多的是对以后的无限向往。肖肖很早上学，因为成绩优异，读书的时候又跳了一级，身边往往是略长自己几岁的同学。上大学以后，读了家人认为极其安稳的药学专业。肖肖言听计从，似乎也赞同父母的想法。聪明又努力的肖肖，就这样在十九岁那年毕业了。

毕业后的肖肖也顺利参加工作，日后的人生似乎都在朝对的方向发展着。年少有成，聪明能干，肖肖一度成为家里人的骄傲。那时候的父母常对肖肖满口赞扬，来往的邻居无不羡慕。一直是肖肖榜样的长姐也时不时地宣称，自己有个多么厉害的小妹妹。肖肖热切又纯粹，凭着自己的努力实现着一个个小目标。

## 三

三岛由纪夫说："也许是天生懦弱的关系，我对所有的喜悦都掺杂着不祥的预感。"看似一帆风顺的人生，其背后的滋味只有肖肖自己知道。

上学时，父母满口答应肖肖要等她放假后再搬家，搬离那个生活了十七年的地方。父母懂什么呢，他们一心只想早点儿搬家，想要有更好的生活环境。那一代的父母不懂得和孩子交流，而肖肖藏在心底的秘密也未曾和父母说过。她想利用假期好好看看这个被称为故乡的地方，因为几近闭环的生活让她和它没有过多的交集。她只想看看它，记住它，可父母没给她这个机会。那天，肖肖放学，被接到一个陌生的地方。她所有的东西，都在新家里，摆放的位置都发生了变化。很长一段时间，肖肖看着周围不再是自己熟悉的样子，她的心好像被撕开，空了一块，那种缺失感在一定程度上被无限放大。后来，她慢慢了解自己，她可能是个偏爱稳定的人。她希望自己将来能拥有一个永远安稳、不必搬离的家。

带着这份期待，肖肖遇见了蒋平。乐观、幽默的蒋平闯入肖肖的世界里，异于常人的接触给予肖肖无尽的安全感。六岁的鸿沟不仅没有成为两人的阻碍，反倒成了两人感情升温的加速器。

两人从相识到相恋不过一个月，没有过任何争吵。蒋平很会谈恋爱，他包容肖肖的一切。无论肖肖想做什么，无论对错，他都表示支持。尝到甜头的肖肖终于知道：原来人生也可以自己选择。

因为蒋平，肖肖第一次和家人发生了激烈的争执。父母希望肖肖安安稳稳地找一个老实人。在他们眼中，蒋平不务正业，年长肖肖六岁却也没有一份体面且稳定的工作。他们无法想象女儿嫁给蒋平之后的生活会是什么样的。原本乖巧懂事的肖肖口口声声要自由、要自主，不顾父母的反对和姐姐的语重心长。长达三个小时的谈话后，肖肖没有放弃对蒋平的忠贞。按肖肖自己的话说，那时候的自己就像是一头刚被放出笼子的野牛，谁也阻拦不住。

那时，肖肖没有意识到的事情很多，可她留意到了一些端倪。蒋平认识肖肖的时候，他是有女友的。他第一眼看见肖肖时，多年的情场经验告诉他肖肖会是自己更好的选择。肖肖年轻有活力，有一颗炽热的心。

遇见肖肖的时候，蒋平早已厌烦了女友的啰唆。女友想要的未来压得他喘不过气。他找不到好的理由分手才一拖再拖，却对外宣称自己没有女友。肖肖出现后，他抓住了肖肖，背地里毅然决然和女友分手，猛烈追求更有新鲜感的肖肖。但是这一切，肖肖最初是不知道的，她沉迷在热恋之中，犯了很多恋爱女孩常犯的傻。

二十岁是粉红色的时光，肖肖被爱情滋润着，甜蜜让她只在乎眼前人。他给了她自由，她随心所欲地做决定，包括二〇一〇年和蒋平领证结婚。

日子虽然清贫，但肖肖的眼里心里装着的都是蒋平。她第一次为男人做羹汤，也愿意在争吵过后主动示好。她放下从小到大始终骄傲的身段，抛弃之于这个小家庭不妥帖的一切，一心只为了蒋平。

二〇一二年，豆豆出生，肖肖一心沉浸在拥有孩子的快乐中。而有了豆豆以后，全家人的重心都放在了豆豆身上，尤其是肖肖。她看着这个降临到世上的小可爱，想把一切美好都赋予她。她是这么想的，自然认为蒋平也是这么想的。

## 四

真心的朋友或恋人，会指出对方的弱点，帮助对方改正，生怕对方因此吃亏。而自私的朋友或恋人，会利用对方的弱点，利用到极致，而比利用更可怕的是纵容。蒋平就是这样，他完全支持肖肖所做的任何决定，无论是工作还是家庭，甚至关于豆豆的教育，他也完全听肖肖的。

实际上，蒋平是一个毫无责任心的人，他顺着事情的发展而为，从来不考虑以后。而这一切，肖肖在过了很久以后才明白。

肖肖爱吃黑巧克力，微微的苦涩过后是浓浓的甜蜜。每年的情人节，蒋平总会例行公事一样，早早买好玫瑰和黑巧克力。肖肖记得很清楚，二〇一六年的情人节前夕，她在蒋平的购物软件上发现两个订单：一份是黑巧克力，另一份是牛奶巧克力。

是第六感吧？肖肖的手开始颤抖，嘴巴里的最后一块生巧还没有完全融化，一阵苦涩就冲上了鼻腔。肖肖用手指点开订单详情，收货地址是蒋平的公司，收件人是个女孩，肖肖记得这个名字。隐隐不安的心霎时间被撕裂开来，生巧随着唾液被吞噬，苦涩感席卷了全身，手机滑落到地板上，发出猛烈的撞击声。长时间的冷漠变得有迹可循，声势浩大的爱情和亲情通通沦陷在淤泥里。

肖肖从崩溃大哭到原谅蒋平，只花了不过一小时的时间。蒋平跪在地上忏悔，父母在身旁劝说，豆豆从门缝里偷偷看着肖肖。有那么一刻，肖肖对上豆豆的眼睛，有点儿恍惚，觉得自己小题大做了。不过送了一份巧克力，如果他死不承认，自己就没法一口咬定。身旁人都在告诉肖肖，没有实锤，就别大动干戈，况且孩子都上学了，忍一忍就过去了。是不是自己给他的压力太大了？是不是太关注孩子而忽视了他？一切问题的原因似乎都跑到肖肖自己身上。

面对蒋平的忏悔，肖肖惭愧地接受了。她真的以为他会改变，会为这个家而改变。可肖肖想不到的是，那次出轨的一个原因是男人的自尊心在作祟。那时，他因为工作不满意，前前后后换了很多次工作，而肖肖的事业却蒸蒸日上，她赚得比他多。他放不下自己的面子，总觉得所有人都在看他的笑话。

蒋平告诉肖肖自己要去投资，需要用一笔钱。肖肖以为他在为家庭着想，毕竟豆豆上学后，家庭的开支多了起来。她还以为或许是因为女儿，或许是因为内疚，蒋平在一点一点地尝试改变。肖肖拿出全部积蓄给了蒋平，一开始的几个月，他还能正常给家里生活费，慢慢地，越来越少，可他抽的烟越来越多。最后，全家人只能靠肖肖一个人的工资糊口。肖肖不但不怪他，还安慰他，告诉他慢慢来，总会有起色的。

肖肖没有意识到，爱有跑偏的可能，不会永远都落在一个人身上。她更没有意识到，一次出轨往往意味着无数次出轨。幻想和幻灭反反复复，成了肖肖生活的日常。有时候，人生的可笑不在于人生，而在于自我。

二〇一七年，蒋平身上有越来越多不同香水的味道，车上有不断涌现的新化妆品。肖肖在蒋平熟睡的夜里，打开他的手机，点开一个女人的朋友圈，俗气的出轨故事就这样展现在肖肖面前。常规剧本中，通常是妻子扮演发现者，而小三扮演被发现者。可肖肖感觉到，是小三在向她"挑衅"。信息是海量的，连账单和酒店住宿记录都有。这些可耻的勾当被扒出来摊在肖肖面前，就像是晴空一声惊雷，顿时乌云密布，继而大雨倾盆。

肖肖在家照顾孩子的时候，他在酒店和情人缠绵；肖肖在做好饭菜等他回来的时候，他在餐厅和情人共进晚餐；肖肖给他放好洗澡水的时候，他和情人在不舍地相拥。而这一切，在肖肖点进那个女人的朋友圈之前是不知道的。

其实双方有过一面之缘，她是蒋平的同事。有一天肖肖和蒋平送她回家，她落在车上的一块粉饼，还是肖肖帮忙找到的。那时候的肖肖并没有意识到二十出头的小姑娘会对年近四十的大叔，并且是没有钱的大叔产生兴趣。

肖肖拨通了那个蒋平打了无数次的号码，听筒里传来一个女孩的声音："亲爱的，你老婆走了吗？"

肖肖尽量克制住自己，握住手机的手不停地颤抖，另一只手握拳攥紧，指甲陷进肉里，让自己的声音尽量听起来平静一点儿。

"您好，我是蒋平的妻子。"

肖肖在家附近的咖啡馆里见到了穿着透视装和短裙的她，扑面而来的是年轻和朝气。那儿本该是肖肖的主场，她却被这个女孩压住了气势。肖肖面对着她，以为自己会像众多被辜负的原配一样，对她大打出手，可是肖肖没有。肖肖只是平静地看着她，看着眼前这个女孩，想着为什么丈夫会出轨。她趾高气扬地看着肖肖，似乎胜负已成定局。

末了，女孩起身直言道："虽然我是第三者，但是你知道吗？所谓第三者只是一个代名词，意思是，第三者不是只有我一个人。"

肖肖的瞳孔瞬间放大，她很快就明白了女孩的这句话。不断出现的新第三者，有曾经见过的，有毫无联系的，甚至有他的上司。肖肖终于忍不住了。

那天太阳很大，肖肖却感受到无尽的冰冷。她浑身不舒服，一时间起了麻麻一片的小疹子。肖肖不知怎么去面对亲友们，所以她学会了逃离，逃离亲人，逃避朋友，在一个人的世界以失控的情绪折磨自己。

蒋平什么时候开始变的？或许他没变过，从肖肖遇到他的那一刻，他就是这样的。

长达四年的时间里，肖肖不仅和第三者们周旋，还忍受着蒋平的败家。他没日没夜地赌博、抽烟、喝酒，一次又一次。若不是为了豆豆，她早就放弃了。

当豆豆放学，一蹦一跳地推开门时，这个九岁的小姑娘就像个小天使一样，顾及着每一个人的感受。强烈的同理心像是她天生就有的，她早就感知到父母关系的变化了。

肖肖和蒋平的争吵越来越多，从起初在房间吵，到后来在客厅吵，最后直接当着豆豆的面吵。那一天，肖肖在他的购物订单中发现了一束玫瑰花和一瓶祖·玛珑香水，一共九百八十七元。这钱够肖肖一家正常开支一周了。她拿着手机质问，蒋平一把抢过手机，愤怒地打了肖肖一巴掌。豆豆就坐在沙发上，非常平静地看着父母。婆婆听到响声，把豆豆抱回了房间，蒋平摔门而出。

不一样的第三者和同样的争吵戏码每天都在上演，肖肖彻底崩溃了。她不是没想过离婚，可每次对上豆豆的眼睛，这一决定又悬搁起来。

可豆豆的目光只是镇静剂，效力一过，肖肖不得不继续啃食生活的苦果，决定，决定，再决定。每次提到离婚，蒋平便将两百万的债务摆在肖肖面前，要求肖肖承担债务就同意离婚，这样的拉锯战持续了好几年。

生活的暴击绝不会因为忏悔而变得可以原谅以及改变。很多现象一直都存在，只不过以前消息闭塞，难成气候。现在网络发达，各种消息铺天盖地，看客口诛笔伐，可真相揭露的那一刻，伤透的只有沉迷其中的主人公，就像是肖肖。

# 五

"重度抑郁症。"

医生的话，让肖肖的近况在家人面前曝光。

母亲的抽泣，姐姐的叹气，病房里瞬间被各种声音混杂着。肖肖又沉沉地睡过去了，不知道是药物作用还是不愿意面对。这一次，肖肖睡了好久好久，久到肖肖再次醒过来的时候，家人都已经回去了。晨曦从白色的窗帘缝隙洒落进来，照在地上，一点一点微亮的光霁时间充满了整个房间。

很多时候，肖肖也曾自我怀疑，为什么自己会把日子过成这样，如此破败不堪，就像是淤泥里植物的烂根，变不成淤泥，也变不成果实，微生物一点一点地侵蚀着身体，千疮百孔的她可真是永无宁日啊。

绝望之际，肖肖能想到的只有自杀。她记得很清楚，那天，雨下得很大。她开着车，沿着城市的街道寻找药店。一看到药店，她就戴着口罩下车，把自己裹得严严实实，撑着一把十块钱的透明塑料伞冲进去。就那样一家家找下去。七家，她从七家药店买齐了所需的药品。这得益于她大学的专业与药学有关，这些家里的常备药只要剂量足够，就能成全她。

车子开到高速路口的一个加油站，她只是漫无目的地开到这儿而已，不在计划之内。雨歇了，天边的乌云散去了，或许是天国给她敞开了大门。

肖肖看着手机屏保上的豆豆发了呆，世界上没有妈妈的孩子多的是，那么懂事听话的豆豆，没有妈妈应该也可以好好地活下去吧。

肖肖关闭手机，像是完成了某种仪式。吞下药物的那一刻，肖肖什么也没有想，望着蔚蓝色的天空逐渐变成鲜红色。肖肖独自躺在车里，有种放纵的游离感，那瞬间似乎能够理解蒋平缘何出轨放纵了。肖肖的身体开始飘荡，眼前所有的一切都开始变得模糊，身子摇摇晃晃地从车里爬出来，趴在地上，又站了起来。

高速路上，车辆来来去去，刺耳的鸣笛声让肖肖捂住耳朵，却仍有无法辨别的声音在她耳边回荡。肖肖以为自己已经死了，她的眼前像放电影般出现了无数的人——她好像看见了自己，看见了口吐白色药丸的自己，看见了蒋平和其他女人，看见了站在病房门口痛哭的豆豆，看见了灵堂上泣不成声的父母……

肖肖伸手，渴望触摸他们的脸，可是什么都没有。一个踉跄瘫在椅子上，不知过了多久，她听到——

"大妹子，你还好吧？"

或许是幻听，是新国度的杂音。可听到后来的一声声叫唤，她回心转意了。

"肖肖！"

"肖肖！"

…………

"妈妈，你怎么了，你醒过来啊！"

# 六

二〇一九年九月，豆豆歪歪扭扭地在卡片上写道："妈妈，豆豆希望你天天开心。我永远爱你！"这个九岁的小姑娘，早在父母的争吵中懂了许多。她有着自己的思考，她更爱肖肖。她尝试用自己的方式让肖肖感到点点轻松。肖肖攥着卡片，在房间里泣不成声。

那年年底，肖肖告知父母她决定离婚。父母从老家赶来，平日里唯唯诺诺的父亲一进门冲着蒋平就是一拳，母亲拉住父亲。蒋平扑通一声跪下来，又半蹲着抱住坐在沙发上的肖肖，他的脸上满是愧疚及忏悔。蒋平慌乱地拿出手机，一通乱划。他说自己错了，已经删了她们的联系方式，说自己不会再这样了，说自己只是一时发了疯……

肖肖坐在沙发上，平静地看着窗外，轻抬眼皮朝小丑般的蒋平瞥了一眼，对上了那双布满红血丝的眼睛。肖肖更加坚定了自己的决定，她走进房间，把离婚协议书拿出来，放在茶几上。

"我已经签好字了，你签字吧。放过你，也放过我。"

蒋平瘫坐在地上，看着那几张纸，他知道做什么都晚了。最后，蒋平同意离婚，两百万的债务，一人分担一半。这份债务分配，足见蒋平心里的忏悔远不如脸上的忏悔多。

父母卖掉了山海关的房子，长姐东拼西凑借了十几万。家里人悄悄地把钱凑齐了，没和肖肖打招呼。长姐来了北京，前前后后照顾肖肖大半个月，临走前把银行卡放在肖肖的枕头下。肖肖翻开枕头，看到银行卡时哭出了声。

二十二岁结婚，二十四岁生娃，三十岁离婚。如今的肖肖三十二岁，很多女孩在这个年纪还没结婚，肖肖却经历了至苦的婚姻。可肖肖又是幸运的，细心的同事以及默默关心的家人，都成了自己的后盾。

离婚后，在很长一段时间里，和蒋平的交流仅限于看望豆豆的预约。偶尔有一次见面，发现蒋平瘦了很多，唯一没变的是那双看似忏悔的眼睛。肖肖短短几句话就结束了对话，扔掉了就不会再信任了。

在肖肖的前半生中，她习惯于做一个被保护者、被偏爱者，从未想过自己应该是一个独立的、平等的、可以与人正常交流的个体。这段长达十年的感情把肖肖的筋骨和血肉都重塑了。她逃离了不幸，逃离了忙碌，逃去了北京，安安稳稳地和自己喜欢的药材打着交道。整个人慢慢明朗起来。

窗外是五月天，渐渐入夏了，没了寒气。月季花盛开着，肖肖全身，就连头发丝都被这暖阳照得非常舒服。

五年后会怎么样呢？十年后又会怎么样呢？肖肖不知道，但好好活着，好好努力下去，珍惜每时每刻，一切都会欣欣然。她知道，每一个人都有活着的意义。

而这一次，肖肖想找一找关于自己的意义。

# 按下人生的重启键 ▶

**作者按**

顺风顺水的十七年，忽然从天而降的人生打击，把秦望埋进深海里。十八岁的成人礼上，秦望所拥有的不是自由，而是不完美的自己。

一

清晨，秦望醒了，也可能没有醒，他自己其实也不大确定。倘若他没有醒过来，窗外叽叽喳喳的声音不会这么清晰，脑袋里不会有这么巨大的嗡嗡声响，胃里伴随着利群烟的烟味所导致的恶心感觉也不会这么强烈。应该是醒过来了吧，秦望翻了一个身子，勉强让自己有一个相对舒适的姿势。

宿舍里只有秦望一人，手机上的时间告诉他已经中午十二点了。

他拉开窗帘，晌午的阳光直直地透过玻璃照耀在他的眼里，照得他觉得刺眼。他拉上窗帘，蜷缩起身子，干呕了一声，并没有吐出什么东西。他的胃是空空荡荡的，胃突然痉挛了一下，不适感和疼痛感相继涌来。秦望蜷缩成更小一只，他在想，怎么把这种恶心感压制住，即使胃里的食物已经一丝不剩了，也得从头到脚、从皮下组织到血液里获得力量压制住。

烟是个好东西，酒也是。秦望爬下床，从柜子里拿出酒，空腹喝了一瓶。酒精的力量在他体内逐渐发挥了作用，舌尖舔到干裂的嘴皮，即便有酒的浸润，白色死皮仍在他的嘴唇上支棱着。他走到阳台，从上往下看去，校园里熙熙攘攘，声音渐渐清晰起来。他瘫倒在地上，靠在锈迹斑斑的栏杆上，目光开始涣散，酒果然是个好东西。

秦望渐渐沉睡过去，似乎又回到了父亲刚去世的时候。

二

一九九九年腊月，秦望出生在甘肃省某县城的一个双职工家庭，父母都是老师。由于计划生育政策，秦望在五岁之前都被寄养在叔叔家，后来又在姑姑家，他一度是没有户口的。

小时候的秦望对于自己的家是完全没有意识的。在他眼里，父母只是在寒暑假以及过年时会见到的人罢了。

秦望在五岁的时候有了法定的身份，而代价是，父母缴纳罚款一万八千元。在那个年代，一万八千元足够正常家庭开支一年了。为了秦望这个小小的生命，全家人失去了所有积蓄。七岁的时候，秦望被父母接到县城读书，他才真正地融入这个家庭，两个姐姐，一个爸爸，一个妈妈，真正意义上的家庭。

上学以后的秦望，其实算不上班里的佼佼者，成绩一般都排在班级四五名。不过，由于有一对特别会教育的父母，他常常在小学奥数竞赛班获奖。母亲不是数学老师，但是她的教学方法确实好用。母亲在干家务活的时候，会让他把所有的解题技巧都讲一遍。他记得很清楚，小时候的自己对于数字很敏感，这让他有着超出常人的理解能力。很快，数学成绩直线上升。

在那个县城里，秦望的读书和升学压力都不是很大。或者说，靠着父母的教育和自己的聪明，他一路顺风顺水地读到重点初中，考上重点高中，似乎没什么能够阻挡他。上了高中以后，几乎每次考试都是第一名，他那时觉得没有谁能打败自己。由于成绩优秀，老师对他也格外放纵，他常常翘课去临街的网吧。上网打游戏是他高中时唯一的乐趣。二〇一五年到二〇一七年，所有的体育课都被他翘掉去了网吧。母亲在学校附近所有的网吧里都逮到过秦望，他免不了挨几句训斥、几次打。就那样吵吵闹闹地，他读完了高中，考上了清华。

高考过后，秦望过了自己最快乐、最舒心的一个暑假。那时候，秦望走在路上，都怕没人认识自己。小小的名气让他自豪了一整个夏天，也让父亲扬眉吐气了一回。父亲破天荒地在家里喝了酒，醉醺醺地对着三姐弟说："爸爸这辈子做得最成功的事，就是养了你们三个孩子。"

貌似上天见秦望过得太舒心，一整个暑假的喜悦最终变成痛苦的来源，光明的尽头好像只会是黑暗。

三

二〇一七年十月的一天，秦望刚读清华不久，开学四五周的样子。

那天，在秦望老家，他的父亲早早出门，早饭吃的是秦望母亲起大早煮的粥，配上涪陵榨菜，还有鸡蛋饼。父亲提着公文包，笑呵呵地与母亲一起出门。母亲说道："今天看起来天气很好，晚上早点儿回来，一起散散步。"

"今天中午做红烧肉吧，好久没吃了。"父亲边走边说。

"知道了，再做个汤，你早点儿回来，不然我可吃光了。"母亲挽上父亲的手臂答应道。

两个人一起走在水泥路上。阳光刚好照在父亲的发丝上，他两鬓的白发散发着好看的光泽。绿灯亮得很快，两人在十字路口分开。父亲小跑穿过斑马线，身影消失在小城早晚才见得到的人潮中。

中午放学，母亲回家，做好了饭和红烧肉。红彤彤的肉，油滋滋地冒着热气。母亲坐在餐桌旁，把刚刚在网上看到的一道题发到五口之家的群里。

"三个'2'通过什么样的算式能得出'2'？"

秦望坐在食堂里，旁边满是嘈杂的说话声。他眼睛滴溜一转，胸有成竹地把答案发进群里。父亲看着热闹的微信群，一眼就看出来秦望的不足，发条语音信息："我家孩子真棒，不过要注意这道题应该是开三次根而不是二次根哟。"

秦望咧开嘴笑，又继续吃起了饭。

母亲一边笑，一边把菜热了热。

时间一点一点过去，母亲望着窗外看了很久。平日里十二点一定会到家的父亲却迟迟没回来，下午一点、两点、三点，依然不见人。母亲请了假，在家里始终打不通父亲的电话，他的同事都说中午看见他出了校门。母亲意识到事态的严重性，打电话给所有与父亲有联系的人。父亲的朋友不多，能联系的自然也没有几个，可都说没见到。舅舅陪着母亲去学校查监控，这时候的母亲已几近崩溃，拿着电话的手在不断颤抖。那天，从父亲学校到家里的那条路母亲走了无数遍。平日里明明那么熟悉的路，上午还阳光明媚，下午却陷入大风肆虐的陌生险象，行道树翠绿翠绿的叶子落了一地。

全家人找了很久，但是父亲就像人间蒸发了一样，一点儿痕迹都没留下。第二天，舅舅在学校附近的水库发现了父亲，而那段语音也成了父亲留给全家人的遗言。

在秦望有记忆以来，父亲常常会发疯，不是发酒疯，也不是被人刺激发疯，而是毫无征兆地发病一般真疯。秦望已经忘记第一次见到父亲不同寻常的样子是什么时候，只是记得全家人都对父亲的病缄口不提。遇到父亲发病的时候，母亲都会一把将秦望和姐姐们推进别的房间，关上房门。然后，她伸手去拿放在抽屉里的药，试图给父亲喂药，可由于母亲的力气小，她每次都被父亲打。她身上常常青一块紫一块的，可母亲从不责怪父亲。最严重的一次，秦望记得很清楚，是在他上小学四年级的那年十月，初秋的一天。

晚饭时，大家都在安安静静地吃饭。母亲打破沉默，说那天学校里有个新来不久的女教师，由于她带的班级月考成绩不好，被校长批评了。那原本是饭桌上的正常谈资，可秦望明显感到父亲听了以后神色发生变化。木质筷子被父亲抓在手里，筷头上还粘着米粒，上一口饭还没吞咽下去。父亲艰难地控制着自己，目光褪去了往日的温和，递给母亲的是一双布满血丝的怒目。他两手青筋暴起，不断颤抖。哗啦一下，桌子上的饭菜都被扫到了地上。

母亲反应过来，死死握住父亲的双手。被钳制的父亲更加凶猛，一下子挣开母亲的双手，拿起桌子上的水果刀，一副欲朝母亲砍去的架势。大姐迅速跑到母亲面前，在父亲挥起手臂砍向母亲的那一刻抓住了他的双手。可锋利的刀刃划过了大姐的手指，出血很快，一下子染红了父亲蓝衬衫的前襟。大姐死咬嘴唇，彼时彼刻，父亲的潜意识里两个灵魂在斗争。父亲看着鲜血出了神，母亲把药塞进父亲嘴里，让他吞下，总算平静了。吃下药的父亲渐渐放松下来，犯了困，母亲和大姐把父亲扶到沙发上，二姐拿来急救箱给大姐包扎。没人说话，整个房间里只有此起彼伏的沉重呼吸声，所有人都心照不宣地干着活，或是打扫、包扎，或是默默地看着父亲。

没人怪父亲，事实上，所有人都理解他。他是一个称职的父亲，但是他不会原谅自己，他会在房间里偷偷抹泪。在深夜，他向母亲道歉，他不是故意的，或者说，是身体里的另一个他做了无数让他追悔莫及的事。温和善良的父亲与凶狠暴力的父亲都在同一个身体里住着，没有人知道那个可怕的人格什么时候会再次出现。

夜深了，秦望从门缝里看着父亲，那是一个佝偻的中年男子的背影，被窗外的灯光照耀着，在地板上拉出一道长长的影子。深沉的叹气声在房间里响彻，整个房间都被一股恐怖又凄楚的气息笼罩着。

父亲在秦望的眼里是伟大的，父亲往上三代都是贫农，只有他一个是读书人。父亲小时候，家庭条件很苦，他从小到大没有一张像样的书桌，只有一个在院子里用水泥砌成的台子。严寒酷暑，冬去春来，父亲就在这个水泥台子上学习，相继考上中专，考下教职。参加工作后，父亲才彻底告别了水泥台子。

在秦望的记忆里，父亲的朋友少得可怜。后来听母亲讲起，父亲从乡下来，虽然自身优秀，但是内向的性格常常让他感到孤僻和自卑，在别人面前抬不起头。唯独让他骄傲的是家里的三个孩子。

大姐十六岁就考上大学，又读了研究生，毕业后进了省气象局，又被借调到国家气象局。二〇一九年，大姐辞职，考上博士，继续深造。二姐学医，考研来到北京。大姐辞职的那年，二姐刚好毕业，在北京的一家医院工作。二〇一七年，秦望参加高考，全省排了三十几名，裸考上了清华。

秦望金榜题名后，一切都在朝好的方向发展着，这个家庭总算要在父母的渴望中盼出了头。但是现在，那个男人躺在长方形的木质盒子里，一点儿声响都没有了，秦望看着发了呆。

没人知道，父亲那天为什么会走到水库，明明早上还约了母亲晚上一起散步。舅舅找到父亲的时候，父亲全身的衣物都被浸得冰冷，眼睛是闭着的，面容却像在笑。父亲被送往医院的途中，母亲昏倒，醒来继续悲痛，又昏了过去。

秦望是凌晨回到家的，一进门，里里外外站了好多人，都沉默在母亲的哭声里。按照精准的周年算岁数，秦望那时还没成年，可在那一刻，他瞬间成年了。他意识到自己是家里唯一的男丁，也可以说是顶梁柱。

其实，秦望一点儿也不坚强，他真的还没准备好。

## 四

办完父亲的后事，秦望即将返校。前一夜，他漫无目的地在街上走着，不知不觉地走到父亲工作过的那所学校。天色已黑，街上的人很少，学校一旁的店铺也不多，但都营业着。

秦望走进一家砂锅店，点了餐，坐在一名身穿蓝制服的工人刚刚腾出来的座位上，把吃过的砂锅往旁边一推，抽出纸巾擦了擦桌面上的汤汁。他看着对面的学校大门，眼前浮现父亲上下班经过此地的情景。

秦望双手按压着，指关节发出咯吱咯吱的响声，周遭的一切都忽然变得空洞，满脑子重复着父亲留下的最后一句话："我家孩子真棒，不过要注意这道题应该是开三次根而不是二次根哟。"

"素砂锅加荷包蛋，三号桌自己拿一下。"

店员热情的嗓音把秦望拉回现实。土豆粉咕嘟咕嘟地冒着热气，秦望拿起勺子喝了口汤。第一口没尝出什么味道，舌头却被烫麻了，好像有无数只小虫在咬着。他把荷包蛋戳破，金灿灿的蛋黄顺着破口淌出来，淌进砂锅的汤汁里。那一顿，秦望吃得很饱，一周以来最饱的一顿。

秦望走出砂锅店，站在校门口。突然，秦望感到一阵恶心，伴随着刚刚吃下的土豆粉翻涌出来。他吐个精光，嘴里却被难闻的酸味充斥着。他缓过劲来，想了一想，似乎意识到了什么。

回到学校后，秦望参加了考试，浑浑噩噩地考完了。成绩出来前，秦望想到自己的分数会有所下滑，但想不到的是，他考了有史以来的最低分——二十八分！在全班一百多人的教室里，老师的声音在秦望的耳边不断回响："全班只有两个人在三十分以下，其中一个是三十分。"

秦望记不起大一是怎么度过的，成绩一落千丈，还有两门课挂科。生活也一团乱，烟瘾越来越大，他还迷恋上酒精，爱上记忆被暂时麻痹的解脱感。上了大二后，秦望的学习状态更差，挂科挂了三四门，刷新了单科最低分——十九分。

状态越是滑坡，秦望越能看清自己和别人的差距。他走在清华的人流中，就像是水消失在水中，这是他从来没有想过的。从小学到高中，秦望都是爸妈眼里的聪明孩子，老师口中的好苗子，可是上了清华以后就成了"普通人"，甚至"最差的人"。他跌进失去至亲的痛苦深渊中无法自拔，而渐渐明晰的落差感又似一锹锹将他活埋的土。状态始终不振，最严重的时候，他站在图书馆的落地窗前，打开窗户，想着一步迈出去一了百了。风从窗缝吹进来，他打了一个寒战，有所清醒，把畸形的心态稍稍调整，放弃了刚刚的念头。

母亲是第一个发现秦望状态不对的人，他的床头柜里藏着一盒盒烟，整齐地排列着，整齐得让母亲以为这是他返校前故意落下的。母亲一盒盒打开，没有一盒是完整的，只有一盒是满的，里面塞满了烟头。秦望的烟瘾越来越大，他身上的烟味就算洗了澡也能闻到。父亲离世已有些日子了，不过整个家依然没能走出暗角。秦望貌似只是当了一下顶梁柱，然后就不堪重负垮塌了。他在顾着自己，一时没察觉到母亲也是需要被照顾的人。她变得敏感，身体也虚弱了，可她打通秦望的电话，对他说："儿子，在我这里，你不必隐瞒。妈永远会是你的后盾！有什么事都要和妈说，咱们一起想办法。"

秦望握着电话，泣不成声，手止不住地颤抖。他捂住自己的嘴巴，尝试着让哭声轻一点儿，再轻一点儿。

老师也关心秦望，问道："你有没有想做的事情，无关物质？慢慢想，我也是博士读完以后才想明白的。"

遇见能理解自己的人是一大幸事。家人和师长的关爱纾解着秦望的伤痛，前提是懦弱的他终于敢"就医"了。

# 五

时间久了，秦望淡忘了一些事，也淡化了一些曾经强烈的情感。取而代之的，是对生命意义的思考。他从宏观的宇宙观中去审视人生，去思考自己。当下的难过之事和悲伤之情，在宇宙中，在他的生命长河中，不过是一粒沙和一棵藻。每个人都应该学着接纳自己，接纳不是绝顶聪明的自己，接纳和身边人在眼界和学识上都有差距的自己。然后，别人的优秀不再是捅向自己的刀子。此外，他劝自己相信，父亲是笑着离开的。

上大四后，秦望按下人生的重启键，学习和生活都逐渐步入正轨。他庆幸自己没因一时犯傻而错过如今元气满满的自己。可他还是提心吊胆的，因为先前挂科过多。

二〇二一年年初，学校经过细致的评估后，对秦望做出决定：延迟毕业一年。

听到这个消息的时候，秦望积压许久的情绪在那一瞬间得到了释放。一切都还来得及！他要奋力弥补，还要让他爱的人和爱他的人都快乐。

# 第四章

# 乌云背后的日月光

　　你留意过乌云的边际线吗？那轮廓有时镶着金边，是太阳远远派来的千军万马在围剿起义者，还给世间蓝天一片。而在夜晚，那是银色的。

　　人人心中有日月，或暗或亮。乐观的人，无论囿于多么昏暗的天地，在他的内心里，都有金银之光冲击着阴霾的浮墙，如我笔下的主人公，小乔、照二、杨乐、杜兜和小婧。

　　阴天也好，雨天也罢，当阳光瓦解乌云透过罅隙普照我们的脸时，回头一望，不是狭长的身影，就是凌空的彩虹。而在夜晚，背后是甩掉的黑和无尽的诗。

——五一泽，本章作者

**作者按**

那一笔百万巨债，引起了我对杨乐的好奇心。攀谈之后，我被他深深感动，他的每一重要角色都值得一说再说。

## 儿子

比起大哥热热闹闹的婚礼，杨乐的婚礼显得冷清，连人都不齐，大姑不在，大伯不在，爸爸也不在。可在亲友们看来，他无疑是开心的，照片和视频可以证实这一点。

婚礼上最年长的亲人是爷爷，杨乐拉着媳妇晓珍给爷爷敬酒，感谢他的养育之恩。杨乐的爸妈常年在外打拼，他两岁的时候就住进了爷爷家。一家人聚少离多，有时两三年才见上一面，杨乐对爸妈的印象很模糊，对他们电话里的嘘寒问暖也无动于衷，只知道他们生了他。他最喜欢爷爷，爷爷也最疼爱他这个小孙子。爷爷爱打麻将，可一听到他的哭声，顾不得听牌，马上往家跑，哄孙子永远是头等大事。这对爷孙，分开是空巢老人和留守儿童，合在一起则是一个家，他们完整了彼此，一起度过了十四个冬天。

有的宾客大口喝酒，看那架势，杨乐不禁想到爸爸。慷慨大方，行侠仗义，用来形容爸爸不为过。他人缘好，哥们儿多，总在自家餐馆招待大伙。他嗜酒如命，以前也险些被酒要了命。杨乐七岁那年，爸爸曾经雇过的一个伙计要不到工钱，跑来向爸爸诉苦。爸爸借着酒劲，拉上几个酒友，去给那伙计出头，结果他被那家店父子三人砍成重伤，大拇指掉了一个，住院两个月，用去的医药费似水如注。杨乐对酒没什么好感，全拜爸爸所赐。

杨乐和晓珍来到他发小这桌，兄弟们纷纷起身，端起酒杯，说祝福话一个比一个皮。他承认，交朋友这方面，他有爸爸的慧根。上小学时，他是班上最调皮捣蛋的学生，笼络一小撮老师眼中的"坏孩子"，天天不务正业。到了初中一住校，朝夕相处的都是哥们儿，学校禁什么，他们干什么，早恋、抽烟、打牌、翻墙上网吧，无恶不作。爸爸将他转到县里的初中上学。前两年荒废掉的学业，一笔勾销，他从初一读起。读到初二时，他带着哥们儿打群架，学校责令所有人找家长。他躲进厕所里和爸爸打了一通推心置腹的电话。他发觉，爸爸是关心他的，不想他重蹈他哥哥辍学的覆辙，可他还是决定不念了。他有时会自嘲：读了将近四年初中，都没读到初三。退学后，他和这一桌子发小就有了距离，好在保持着联系。

婚礼当晚，发小们不见踪影，没人闹洞房。杨乐没醉，却早早躺下发呆，媳妇看着他，心知他有苦不说。那一夜，没有温柔乡。

第二天一早，一辆救护车驶进村子，白花花的一群人围了上去，涕泗滂沱。车子缓缓蹚过一片悲伤的泥淖，停在一家摆满花圈的院门口，哭声四起。

杨乐擦擦眼泪，和大哥一起上前，四五个人把车上冰冷的尸体抬进院中的棺椁里。没错，躺在里面的，正是杨乐的爸爸。

三个月前，向来健朗的爸爸说他疼痛难忍，一家人陪他去做检查。是噩梦，肝癌晚期。那一刻，这一忙忙碌碌的家像是被命运别停了奋斗的引擎，停了下来。草草安排后，妈妈陪爸爸辗转北京和郑州两地治病，杨乐和晓珍，以及哥哥和嫂子一起打理北京的餐馆。

杨乐坚信爸爸挺上一两年没问题，家里有亲戚得过这病，坚持了两年多。有时，害我们痛苦的不是失去，而是天真地以为不会失去，或者不会那么快失去。

妈妈带着爸爸回到老家不久，哥哥和嫂子被叫了回去。哥哥临走时告诉杨乐，说："我回去给你收拾婚房，你和晓珍准备结婚，别给爸留遗憾。"家人过于悲观，他很反感，也不希望这婚事操之过急。晓珍善解人意，劝道："想开点儿，权当给爸冲喜了。"

婚礼请柬发了出去，杨乐和晓珍回到老家。在医院，他一时没认出爸爸，秃脑壳、深眼窝、瘦脸颊，这哪里是爸爸？"小乐。"熟悉的声音，惯常的称呼，他感到浑身在抖在变质，血管里流淌的不再是血而是愧疚，神经系统上传递的不再是信号也是愧疚。一连几天，他陪在爸爸身旁，爸爸叫他去筹备婚礼，他说大哥操办他放心。父子两人独处的时光少得可怜，所以那几天在杨乐的记忆里弥足珍贵。他特意聊些轻松的事，可爸爸说着说着就会聊回到债务。打拼的那些年，爸爸做的小买卖，赚得少赔得多，若照顾他面子，则是赚得多花得更多。一个个项目的启动资金，以及他喝酒闹事打伤别人赔的钱和被人打伤所花的钱，多数都是四处借来的。

借钱给爸爸的亲友和乡邻们，哥哥陆续找来。爸爸当着大伙儿的面，改了所有欠条，还款人通通变成两个儿子。欠款加起来，有一百万，犹如一座山压在兄弟二人的肩膀上。杨乐长叹一声，他没有责怪爸爸的意思，只是觉得上天对他不公平，身边的同龄人都在啃老，他却要扛下一笔巨债走向快要组建的小家，"对不起，晓珍"。债务厘清后，爸爸的气色明显好转，杨乐把烦恼和担忧抛诸脑后，次日去了婚房。不料，爸爸就像习惯于天天撕老皇历的老人忽然有一天不撕了，将生命终结在那一天，而前一天则是"回光返照"。

任何心理准备，在至亲离世这一噩耗面前都不堪一击，全家人紧绷的那根弦都断了。最可怜的莫过于爷爷，四年来，他白发人送黑发人，先后送走三个儿女。摆在眼前的还有一个难题，杨乐的婚结不结？爷爷拍板，结！就那样，爸爸在太平间里躺了四夜，第五天坐着救护车"回家"了。前一天婚房，后一天灵堂，人生的戏剧性莫过于此。

大伯去世时，爸爸在黄河边上给大伯选了一块好墓地，也给他自己物色了最终归宿。只是没想到，这么快就用上了。下葬队伍走在河边小路上，那条路被徐徐地染成一条白练，当终点泛白时，爸爸终于到了他大哥的身旁。

杨乐感慨，爸爸走得也算风光，这么多人前来送行。他意识到，爸爸留给他和大哥的不只是债务，还有一笔宝贵的财物——诚信。

下棺！埋土！

"爸，一路走好！"

## 丈夫

杨乐在厕所里和爸爸"商量"辍学以后，就留在县里谋生，后来在爸爸一个哥们儿的蛋糕店里打工。

烘焙师，售货员，五六个男孩女孩把十几平方米的店铺挤小。面包的糖霜飘浮在空气中，不必细嗅就可沁心，视野都变得甜蜜。杨乐和晓珍相遇的那一刻，宿命中不可言喻的缘分在他们心底暗暗扎根。

同在一个屋檐下，杨乐每天都可与晓珍擦肩无数次。不忙时看着她，忙里偷闲看着她，他用从不怠惰的目光守护着她。有一天，两个顾客在窗口找晓珍麻烦，晓珍站在那儿不知所措。杨乐放下手中的蛋糕盘，上前问个究竟，原来是同事售货时服务态度差，女顾客买了东西以后气不过，拉上自家男人前来退货。

杨乐把晓珍拉到身后，说："大姐，我同事态度不好，我们给您赔礼道歉，对不起。可这吃的啊，不是密封包装的，卖出去是不能退的。"一窗之隔，里面有理有据，外面不依不饶，一来二去，里外大吵起来。那男的扬言要砸店，杨乐气上脑门，回到操作间操起一根半米长的擀面杖往外冲，三四个同事拦着他。擀面杖顺着窗口飞出，那男的火冒三丈，捡起擀面杖砸向窗户。

一声巨响，玻璃粉碎，爱情诞生。

二〇一四年，杨乐带上行李，与爸妈、哥哥、嫂子在北京会合，行李一旁是他舍不得扔在老家的晓珍。一家两代人齐齐整整，全家北漂。

爸妈的餐馆，会换地方，也会换菜单，唯独不会换的是四个打杂的孩子。杨乐每天忙忙碌碌，堂前堂后摆渡，餐桌之间穿梭，顾客多的时候，两三个小时都没法歇脚。他也会恍神，尤其是高中生模样的顾客在店里吃饭时，他会看了再看，许是羡慕。可他会自我安慰，至少学生爸妈不会支持自己孩子现在就谈恋爱。一到这个时候，他总会黏着晓珍，搞得她莫名其妙。

杨乐以为日子会那样一直过下去，不料爸爸的绝症以及后来的死讯把全家人的生活碾得支离破碎。妈妈退居二线，餐馆交给他们兄弟打理。他们置身于债务的阴影中，都想尽早逃离这片暗淡之地。比起累死累活的传统餐饮，他们更倾向于赚快钱的现做零食，于是把爸妈的餐馆出兑，拿到二十三万元的启动资金。在通州万达广场，他们物色到一个位置绝佳的店铺，马上从二房东手上兑下。糖炒栗子的炒锅翻转着，草把子上插着蘸好的糖葫芦，小店生意兴隆，可不到一个月就被叫停，是大房东亲自叫停的。"我这店没有餐饮经营许可，不能做吃的。"兑店，走人，赔上个十几万。滑稽的是，杨乐到昌平另起炉灶，却被同一块石头绊倒两次，原来全北京都在创城（创建文明城市）。

　　烟，一根一根地抽下去，杨乐坐在贴着"店铺出兑"的字牌下，若有所思。生活，真难，自己也有了负债。晓珍的支持，于他而言，是每次失意后莫大的安慰。一起度过的艰辛日子里，晓珍打了一份工，还向自己爸妈开口求助，而那相当于捅了马蜂窝。她爸妈的每次"善举"，都被嫂子视作"盗窃"，嫂子认为自己嫁进门是自家人，而晓珍嫁了出去，是泼出去的水，是外人。晓珍的每一通电话，都可能在远方的娘家引发一场纷争。

　　杨乐看在眼里，对晓珍甚是惭愧，对岳父岳母也是。两人在同一困境中，却各有各的难，主见碰撞时，免不了口舌之战。硝烟过后，他会主动示好，很抱歉让晓珍受夹板子气，晓珍往往会一笑了之。两人的气来得快，去得也快，三五分钟的事。

　　"为晓珍而奋斗！"像这般鼓励自己，杨乐有过无数次。昌平失利后，他重整旗鼓，尝试做早点，还加盟了久久丫。那时，哥哥已去开滴滴，他只好叫来老家的一个发小，一同打理买卖。这发小有手艺，就是有点儿怠惰和贪玩，不过两人的配合倒是默契，营业额也很可观。杨乐第一次尝到自己赚钱的滋味，喜上加喜的是，晓珍怀孕了。

　　晓珍回到娘家待产，那也许是夫妻二人最糟糕的决定。她的到访，让表面上相安无事的娘家人撕破了矜持的面罩，妈妈和嫂子时常争执，听上去像是小事引发的，可晓珍知道，都是因为她。她预产期临近时，杨乐放下生意，回去陪产。他看到心心念念的晓珍时，她从极差的气色中挤出一抹微笑，那么勉强、那么艰难，令他心疼不已，可他知道岳母和岳父尽力了。他感谢两位长辈，又悄悄地对晓珍说："别怕，我来了。"

杨乐陪产的时候，早餐和久久丫的流水日渐涓细，直至枯竭。返京后，他尝试补救，却无力回天。无奈之下，出兑！孩子的奶粉钱迫在眉睫，他赶忙到一家经营连锁便利店的公司应聘，得到一份送货司机的工作。薪酬不菲，只是作息不规律，没日没夜的。黑眼圈自从那时光顾了他的脸，就没再离开过。可他心盛，媳妇和儿子快回京了。

比气色差更糟的是，晓珍得了产后抑郁症。实际上，杨乐猜想这所谓的"抑郁"早在待产时就有了，只是产后加重了而已。晓珍一个人在家，他不放心，他知道那是病，而不是人们口中的"矫情"。于是，杨乐的小货车上有了副驾驶员——他的媳妇和儿子。每天，媳妇做好他们夫妻两人一天的饭菜，带在身旁，跟着他一起跑车。奶水充足，儿子不会饿着。小小的驾驶室，宛如一个温馨的三口之家。果然，哪里有家人，哪里就是家。

晓珍的病情慢慢好转，好到心底种满阳光时，杨乐又独自奔波了。怕晓珍闷得慌，他特意买了台电视机。大屏幕播放着《乡村爱情协奏曲》，喜剧感更强烈，呵呵——哈——哈哈哈，家里有了晓珍久违的笑声。

媳妇开心，全家都开心。

## 父亲

产房外，杨乐坐立不安，狭窄的走廊正记录着他成百上千次的折返，看不出停歇的迹象。亲人们瞧他晃来晃去，越发紧张，可没人阻止他，因为没人比一个快当爸的人更焦躁。

医生一探头，所有人围上去，唯有一家人留下来欢呼或失落，其他人都相对平静地散向走廊的角角落落。

哭啼声又传了出来，大家的头齐刷刷地扭向产房大门，这会是谁家的宝贝？门一开，医生习惯性地扫视眼前的半圈人，直呼："谁是李晓珍的家属？"

杨乐激动不已，钻到前排，结结巴巴道："我……我！"

"恭喜你，喜得贵子。"终于轮到杨乐一大家子欢呼了。

医生和护士推出一个盖得严严实实的产妇，快速地奔向电梯。晓珍出来了！杨乐连忙追上去，却发现认错了人。不一会儿，孩子被抱了出来，还睁不开双眼，皱皱巴巴的，丑得不像他也不像晓珍，但他很想抱抱孩子。

杨乐的身子压了过去，医生让他出示身份证。证件在裤兜里，他一掏掉到地上，捡起来又脱手掉了下去。他深吸一口气，像活塞一样把紧张挤压殆尽。

抱起孩子的那一刻，他与一个未知的世界实现了连通，惊奇、欣喜、无畏的情愫缠绕心尖。他爱上那感觉，而那个未知的世界则是父亲的角色。他对孩子爱不释手，即使北京那边的小买卖没了收入，也不妨碍他多陪陪孩子。给孩子的承诺都是默默的，他心想，或许默默的话语孩子才听得懂。

家人团圆自是幸福，可杨乐不得不去赚钱。物质投入是养起家的基底，精神呵护则是养好家的锦囊。那次别离仅有四个月，可杨乐度日如年。他回想起自己的小时候，父亲缺席的岁月，他缺的不只有父亲，还有父爱。那一通通长途电话确有父亲的期待与爱，但距离是远的，即使期待与爱再大，也被无限拉长了，延至听筒这一端的仅是微微一点，年少的他感知不到。父亲缺席了他的童年，他放纵了自己；他缺席了父亲的盛年，父亲凋零了自己。都是遗憾，所以他不想他自己与儿子之间再次写满遗憾。他决定了，再苦再累，一家人也要在一起。

晓珍抱着儿子回到北京，杨乐遂了心愿。一家人一起跑车，他总是笑得合不拢嘴，眼里是媳妇和儿子，余光里依然是。晓珍病情好转后，他不想母子二人再陪他舟车劳顿，安心让他们待在家里。那么一来，工作的背后是偌大的渴盼，他装货卸货更勤快，只为早早回家多陪陪妻儿。

有时，配货量大，杨乐免不了起早贪黑。一天晚上十点多，他拖着疲惫的身躯爬上楼梯，来到家门口，轻轻地插进钥匙，慢慢地转动，再悄悄地开门。儿子咦了一声，像捉迷藏逮到目标一样，从门后侧着身子，探出小脑袋，对着杨乐开怀大笑。原来，他在等爸爸回家。那一刻，用杨乐的话说，"老治愈了"。

儿子一逮到杨乐，就缠着不放，三年来不曾变过。杨乐哄他睡觉，给他读绘本上的睡前故事，可他后来更喜欢听爸爸自己的故事。爸爸的往事里有着太多儿子"以后"的事，儿子无比好奇，爸爸也从不回避：讲他向爸爸要了一双旱冰鞋，爸爸一口答应，那双鞋羡煞所有发小，满足了他幼小的虚荣心；讲他和爸爸赌气，揣着一千元钱跑到石家庄，学着当年热门电视剧《北京青年》的角色重走青春路，可钱花光后他就乖乖回到自家餐馆继续工作了……讲着讲着，睡前故事就成了睡后故事。

二〇二〇年，杨乐辞掉货车司机的工作，带着媳妇和儿子到天津开餐馆。受疫情的影响，餐饮业整体惨淡，杨乐的黄焖鸡米饭却逆市飘红，网上订单居多。堂吃的顾客不多，来来去去的差不多都是外卖小哥。人都走光后，儿子会在餐桌间跑来跑去，像极了当年忙前忙后的自己。他重操旧业是有清晰目标的，他想把爸爸当年传给他和哥哥的可贵品质传给自己的儿子，那就是拼！

爸妈给的只有这么多，渴望更多就只能依靠自己。拼了未必会有，但不拼绝对没有。那笔百万巨债，杨乐和哥哥四年来已还了二十几万。这是拼的结果，也是拼的意义。他不会给儿子讲大道理，儿子听不懂，但他会观察，有样学样。一个真正的男子汉绝非一蹴而就，而是潜移默化的。

有人和杨乐聊天，问他对儿子有什么期待。

"希望他在今后遇到什么事情，可以乐观一点儿……

"没什么事情过不去。有什么事都可以和我们说，和我们商量……

"幸福是自己的事，他要自己去经营……

"开心很重要，希望他开心……快乐……健康。对，开心，快乐，健康……"

杨乐的话有所保留，他当然希望儿子学业有成、财富自由，可说出来的终究是最真挚的心声。

儿子又睡着了，睡在爸爸和妈妈之间。杨乐一手搂着晓珍的肩膀，一手摩挲着儿子的脑瓜。他默默地对儿子说了一句话，希望他在梦中听到。

"你负责长大，我们负责爱你。"

# 海棠树的红果实 ▶

**作者按**

小婧的采访视频，曾在网上引发寻找兵哥哥的热潮。她的执着如此迷人，原来，背后的故事是这样的……

一

那是一个丰收年，麦场上堆着草垛，比往年要多要高，可家家户户都不见喜色。全村陷入沉默，悲伤的沉默。老人抽着旱烟，目光呆滞，口吐的烟雾无声无息，膨胀，升腾，消散。男人们埋头干活，少了彼此打趣。女人们拾掇屋子院子，邻家姐妹隔着墙头对上眼，都只是点点头，没有闲聊的欲望。就连平日里在草垛上撒欢的孩子们都停止了喧嚣。

沉默，犹如洪水淹没了整座村庄，当漫过丘顶时，一声唢呐的悲鸣像利剑劈波斩浪一般将沉默划破。角角落落，涌现出父老乡亲，他们都朝着同一片麦场走去。

小婧五岁，她百思不得其解，这么多大人从哪儿来，为什么霸占她和伙伴们追逐打闹的地盘，为什么给她和弟弟套上比麻袋还难看的衣裳？她拉着弟弟的手，在乌泱泱的人群中穿梭，寻找答案。人们脸上堆满哀伤，即使小婧还无法准确地理解哀伤是什么，她也知道人们都不好受，就像看到爷爷和爸爸宰杀全家人悉心养大的羊时，她会心疼。人们发现她和弟弟两个矮小的身影时，哀伤的底色上又多了几分让她更难玩味的神情。她把弟弟的手攥得更紧，沿着人群逐渐撕开的裂缝走到答案的中央。那儿有一具棺材，小婧第一次看到，她还不知道它是用来装死人的，就算她知道，也不会难过，她没有死人的概念，想象不到死人和死羊一样，是一个生灵永远离开了这个世界。与她手牵手的弟弟，才两岁半，比她还懵懂，眼前一幕提不起他半点儿兴致。

姐弟俩回到家，院子里的人比他们出去时还多。人们轻声细语，怕惊扰到什么似的。屋前的海棠树，孤零零地站在那儿，俯瞰人来人往。这棵树与小婧同岁，是她出生那年爸爸种的，个头起初不高，可没过两年就野蛮生长了。小婧喜欢亲近它，春天更甚，她总会嚷着爸爸抱她，好去摘枝丫上的小红花。妈妈收拾屋子时，残败的花瓣聚拢一堆，都是小婧藏的，火炕上、被子里、柜子下。

那天，没什么风，海棠树却簌簌落叶，像在附和女人的哭声，落着它的泪。妈妈坐在炕上，肿着双眼，不时哽咽。人，里三层外三层，换了一批又一批，进来、安慰、离开，进来、安慰、离开……循环往复，直到麦场上的那具棺材埋进黄土高坡才告一段落。

一天，两天，三天，妈妈整日以泪洗面，第四天终于"雨转阴"。小婧猜到她丢了珍贵的东西，可不敢问是什么，怕妈妈听了再跌进泪之洪泽。

"妈妈，爸爸什么时候回来？"弟弟随口一问，妈妈倏然泪奔，暴风雨比以往来得更猛烈些。妈妈泣不成声，握紧拳头，说道："他……不……不在了，再也……回不来了。"小婧对死的认识和几天前无异，但对"再也回不来了"颇有感触，那意味着她再也见不到爸爸了。她失声痛哭，弟弟不明就理，也跟着号啕大哭。

三个人，把这个残缺的家哭成一片泪海。

二

没有顶梁柱的日子，小婧和妈妈还有弟弟都在艰难适应着。妈妈，一个独立好强的女人，敞开了家门，接受亲友们的施舍与恩惠。爷爷和奶奶依然把妈妈当成他们的儿媳妇，姥爷和姥姥说妈妈是回了娘家的闺女，柴米油盐酱醋茶，四位老人一时大包大揽。有的亲友送来自家孩子穿小的衣服，小婧和弟弟从不挑剔，像穿新衣服一样开心。吃和穿的问题，暂且解决，可生活若如此简单，就不叫生活了。

## 依然热爱生活

爸爸曾在酒精厂上班，每月几百元的工资，即使妈妈没有收入，也够一家人糊口。可一场事故折了她家的顶梁柱，断了她家的经济来源，妈妈不得不跳出农妇的框框，赚钱养家。把儿女托付给自己爸妈后，她到外地打工。妈妈临行前，嘱咐小婧要听话，照顾好弟弟，还有那句"记住感谢帮过你的每一个人"，小婧一一答应妈妈。当妈妈的背影化作村口的一小点继而消失不见时，她甚是难过，爸爸不见了，妈妈又走了，这可怎么办啊？后来，小婧回忆起那一刻，对妈妈由衷敬佩，毕竟妈妈那时也不过二十六岁。

家庭变故像是催化剂，迫使小婧过早成熟。她跟在长辈们身后，学他们，做各种家务甚至农务。弟弟围前围后，给她打下手，也练就一身本领。她经常带着弟弟跑回自家，把屋子院子收拾一番，给家禽家畜添食，气候干燥时，还不忘给海棠树浇水。干完活后，敞开家门，等待山那边的风把远方的妈妈捎回来。

终于盼回了妈妈，小婧和弟弟回归孩子的本真，也不忘炫耀各自的长进。姐弟俩给紧绷的身心放一场大假，和伙伴们在雪水浸湿的山路上奔跑，踩回一鞋底子春泥，在燎荒的麦场上玩耍，沾上一裤子草灰。有时，游戏会升级甚至恶化，土疙瘩满天飞，躲闪不及，轻则打在身上，重则打在脸上。小婧漫无目的地一掷，土疙瘩正中一个男孩的脸，崩裂，坠落，回归土的家族。男孩嘤嘤直哭，她愧疚不已，连声道歉。

"你没爸爸！"那男孩气哄哄地说。小婧愣住，弟弟刚要上前，她下意识地拉住弟弟。她好奇自己瞬间做的这一动作，可仔细想想，弟弟这身衣服正是那男孩的妈妈给的，也就是说，弟弟正穿着那男孩的衣服。"记住感谢帮过你的每一个人。"妈妈的话，小婧铭记在心。此时此刻，她出于感激，可以劝自己和弟弟不去争执，但那句不知是有意还是无意的"你没爸爸"，就像抢起来的大铁锤将她苦苦守护的心愿乃至信念击碎。她潸然泪下，又破涕为笑，对着一张张惊诧的稚嫩面孔说："不，我有爸爸，他一直都在。"伙伴们被吓到，像见到魔鬼一样纷纷逃走。

到家后，弟弟挣脱姐姐的手，跑进屋子找妈妈。恍惚间，小婧留意到那棵海棠树，枝丫上已长满红艳艳的花骨朵，走近一看，还绽放了几朵。她蹲在花树下，思念着爸爸。不见他的日子里，小婧一直都未接受他离开或再也不回来的事实。大人们给爸爸修建的坟茔，她知道在哪儿，但她不肯相信他躺在那儿，而坚信他就在家里，就在这个院子里，根本没离开过。只有这么想，她才能笑得爽朗，才能和弟弟挨过妈妈缺席的时光。她泪如泉涌，滴在地上汪成一个悲伤的小潭，她心里默问："爸，你到底在不在啊？"

惊！一片花瓣落在她的肩上，那么轻，她却感知到它扑打她的力度，好像爸爸翘起指尖轻轻碰了她一下。她拾起花瓣，站了起来，望着花树，惊喜万分。这一会儿工夫，好像又开了几朵。她懂了，这是爸爸的回应：他在，千真万确！

妈妈拉着弟弟走过来，擦了擦小婧湿润的眼眶，微微一笑，搂住两个孩子，一行内疚的泪偷偷流下。

# 三

与妈妈聚少离多，日日夜夜大半年，形影不离的只有姐弟俩。小婧上小学后，日日夜夜还得勾掉白天的光景。在学校，她对人总是笑呵呵的，像个散发着金子般光泽的小仙女，老师和同学都喜欢她。

爱笑的人运气都不差，小婧亲测，此为真理。她二二年级时，驻地官兵来学校结爱心帮扶对子，一对一，一名军人资助一名贫困生。五十元，学生们闻之咂舌，并且这笔巨资月月有！那时，家境差的学生，从低年级到高年级仰头看，自高年级向低年级俯身瞧，怎么看班班都有，小婧只是其中之一。校领导和老师们闭门筛选，学生们一个个小大人似的，候在门外，等待幸运儿的诞生。资助名单公布，二十人大名单，按年龄大小依次排列，小婧名列尾梢。那一刻，她比得了奖状还高兴，她的快乐感染了全班人。她心知肚明，这份幸运和班主任的力争不无关系。老师在她心目中，不再只是简单的教书人，更是一个无私的形象，一个有责任担当的职业。这，是她埋进心底的另一颗种子。

"资助你的军人叫王俊锋，千万别忘了。"老师叮嘱道。

"嗯！"小婧点点头。王俊锋的样子她联想过无数次，想来想去，最终都会落在一个最熟悉的念想上。海棠树下，淡淡忧伤，她承认，联想这东西不过是给自己徒增烦恼，但这个烦恼并未困扰她太久。

军营开放日将至，被资助的学生收到部队邀请参观军营，还能见到各自结对子的那位军人。前一晚，小婧兴奋了小半夜，又幸福了整场梦。第二天，她穿好衣服出门，天公却不作美，一路风雨一路泥泞，但她内心有着滚烫的期待，丝毫不介意泥点子溅在衣服上。

官兵们列队在部队门口，小婧远远看到。他们身穿迷彩作训服整整齐齐排成两列，犹如雨中的石像纹丝不动。学生们交头接耳，对军容军姿无不赞叹。师生们走近时，一名指挥官致欢迎词，声如洪钟，铿锵有力，全体官兵热烈鼓掌。那动静惊到了小婧，她没想到拍巴掌会和放鞭炮一样响。那名指挥官和带队老师宣布帮扶对子名单，小婧眼见军人和学生一一对上号，焦急地等待王俊锋喊"到"走出队列。队列迅速缩小，可找到王俊锋绝非易事，她眼中的军人，除了身高有差异，长得几乎一样。还有三四名军人时，她莫名紧张起来，紧张到傻傻一笑，对面一名军人注意到她，回她一个大大的微笑。是他？正是他！他留到最后，向小婧走来，而她仿佛一棵雨中的海棠站在原地，脚底生出无穷多的根须，笃定这一足之地的缘分不敢移动。她担心，一旦动了，这次相遇将化为乌有。王俊锋拉起小婧的手，他的手掌是温热的，似曾相识的温热，他在调整他的手劲，小婧感觉到力度的变化，他定是怕握疼了她。紧张、担忧和此去经年的戒备顷刻消散，她顿感身子轻飘，轻到爸爸可毫不费力抱起她摘海棠花的分量。她随他移步，走进部队大门，身心全部托付给他，百分之百信任。

那天雨水不歇，原计划的队列和军体拳表演取消，这让期待已久的师生们难免遗憾。小婧却不以为然，她视野中满是温暖，心灵版图上正勾勒着王俊锋硬朗英气的面庞。"记住感谢帮过你的每一个人。"是的，这是她那天唯一的任务。大队伍来到食堂，由于下雨天冷，指挥官事先嘱咐炊事班熬了红豆粥，给师生们驱寒。

食堂宽敞，桌凳也像军人一样行列对齐，地面原本一尘不染，不一会儿就被大小泥脚踩成大花脸。小婧坐在桌旁，王俊锋端来一大碗热气腾腾的红豆粥，递到她面前。她迟迟没喝，心想："怎么就一碗？我喝了你怎么办？"王俊锋提醒她趁热喝，她勉为其难地抱起碗。

"小心烫。"王俊锋关心道。

"嗯。"小婧应道，顺着碗沿呷了一口。刹那间，味蕾惊艳开花，她从未喝过这么好喝的粥，或者说，从未吃过这么好吃的东西。原以为土豆是她的最爱，这一年四季都经济实惠的食物，妈妈总会变戏法般烹制出各种风味，每款她都喜欢。然而，那天的那碗红豆粥刷新了她的认知，心中的"人间至味"易主了。

"好喝吗？"王俊锋问道。

"好喝！"小婧笑着回答。两人的话匣子顺利打开，她一边喝粥一边谈天，聊到两人的家人，聊到她的学习，聊到他的部队生活……无所不聊。喝粥的间隙，她注意到个别桌子出奇安静，结对子的军人和学生低头无语，几无交流。仔细打量一番，都是五六年级的高年级学生。他们在想什么？小婧思考，或许这对他们而言不是一场快乐的旅行。早在名单公布后不久，小婧就听到学生之间流传着各种嘲讽的声音，比如"他们家里穷""他们没钱"。小婧置之不理，她没有那么大的心理包袱，认为人家帮她，她有能力时感谢人家，再帮助有需要的人就好。可大点儿的孩子似乎就不这么想了，他们被旁人的冷嘲热讽深深刺痛了自尊心，伤了他们的骄傲。他们由于自身状况接受了他人的慷慨，却无法打心底领情。面见这些可爱的人，对他们来说，是一种煎熬。

红豆粥好喝，小婧的食量却有限。她惭愧地放下碗，摇了摇头，王俊锋心领神会了，对她会心一笑，顺手端起碗咕嘟咕嘟地喝了下去。小婧目瞪口呆，在她印象中只有一个人为她这样做过。她剩饭剩馍，那个人会说："吃不了给我。"他不见了以后，她都少盛多吃，决不允许自己剩饭，因为没人再吃她吃剩的东西，家庭条件也不允许她浪费。眼前这个人果真是王俊锋？

从食堂到官兵宿舍的路上，小婧在思考答案，思绪缥缈，一个顽皮的小水坑趁她不注意绊倒了她。王俊锋手忙脚乱也没能拉住她，快快扶她起来，衣服和小脸都脏兮兮的。小婧看着他混合着愧疚和疼惜的眼神，受惊的心缓缓平复。她扑哧一笑，心想他小题大做了，这一笑免了他的自责。他带她到宿舍，向她引荐他同班的战友。她一一称呼问好，很久以后，她才知道原来那五十元钱是他们一班人凑的，每个人都值得她感激。

王俊锋取来一条雪白的毛巾给小婧擦脸擦衣服。这上下走一遭，毛巾变成抹布。她情绪再度波动，无论答案是什么，她都有爸爸再现的感觉。这么多年，她只在思念中对爸爸说心里话，幻想他现在的种种，可他从来没有正面回应过。爸爸还在的传说，是她一个人的执念，连妈妈和弟弟都不那么坚定。她不是没有动摇过，可就在那天，她从王俊锋身上看到了执着的曙光：他不是爸爸，可他是像爸爸一样

213

可亲的人，也可能是爸爸请求老天派来照顾她的好人。

军地活动持续了一段时间，两次活动间隙塞满小婧望眼欲穿的等待。每次见到王俊锋，他们两人都比其他对子热络，老师和同学们都很好奇。可后来，由于个别学生心理负担重，以及部队人员变化，这一爱心帮扶活动终结。

最难过的那个人，无疑是小婧，这一戛然而止的句号连带她与王俊锋的联系一并终结。后来，老师告诉她，王俊锋退役回了老家。没有电话，没有通信地址，她和他彻底失联，那幻想中的泡泡糖般膨胀的美妙关系，被现实一戳即破。这在她幼小的心灵上留下莫大的遗憾，她弄丢了恩人。

## 四

关中的风，越过陇西的山丘，吹进小婧家的院落，敲醒熟睡的海棠花。她痴痴地看着花开花落，珍惜这一年一度的会面。花瓣落在妈妈的行囊上，她即将西行，这一去又是大半年的别离，年年如此。

妈妈春播的脚印，小婧和弟弟踩在脚底，家里的一亩三分地，他俩照料。山地靠天，川地靠人，她庆幸自家的地是后者，那意味着只要勤劳就有收成。一大早，她和弟弟骑自行车去学校，下午放学路过庄稼查看长势，时常提水浇水，除草除虫。这块地上的作物与整片作物之海齐高，没因是孩子打理的就枯陷下去。

海棠果结满枝头，小婧和弟弟无暇贪吃，起早贪黑在地里忙秋收。割小麦，掰苞米，翻土豆，收获可堆成一座小丘。至于变现的活，得等妈妈回来处理。那时，妈妈刚转战新疆不久，正在一片温暖的棉花田里忙采棉。她越采越开心，一来回家团圆的日子不再遥远，二来加上采棉的工钱，盖新房的钱总算够了。

那年深秋的一天，小婧放学后，骑车骑得飞快。她的影子被西边的日头越拉越长，快她一步，刺探着一路上的起起伏伏和坑坑洼洼。可她眼里没有脚下，只有远方的一小点，它渐渐放大，大到可以装下她、早于她抵达的弟弟，以及山那边的风捎回来的妈妈。

"妈！"小婧下了自行车，推进院门大喊。妈妈和弟弟闻声走出屋子，迎了上来，小婧扔下车子，扑了上去，给了妈妈一个大大的熊抱。

妈妈一反常态，或者说在往年抱抱拍拍之外给了她一个惊喜：她亲了小婧一口。小婧吃惊不已，她看着笑得合不拢嘴的妈妈，脸上的纹路像夜空中燃放的烟花一样灿烂，如此开心的妈妈，自爸爸不见以后她就不曾见了。她鼻子泛酸，内心矫情起来，谢谢妈妈二十六岁那年，仅凭一腔母爱，离开从未离开过的家乡，勇敢踏上未知之旅，用勤劳和坚强重新支起这个垮掉的家。或许是心有灵犀吧，她明明没说出口，妈妈却抱得更紧，弟弟不会错过这个热闹。

那一年，新闻节目说新疆棉花产量再创新高，优质长绒棉在海外市场走俏。小婧逗妈妈，说："妈，你功劳可不小啊。"妈妈笑了笑，回忆道："话说，那棉花啊，可真好，攥在手里，弹性好，热乎乎的，好像……好像阳光住在了里头。"小婧听得入神，妈妈又说："等你将来结婚啊，这嫁妆里，得有一套被褥，妈用新疆棉给你做。"小婧哪舍得离开妈妈，说："妈，我才多大啊，我不嫁人，我就黏着你。"那一晚的笑声，格外多。

第二年，也就是二〇〇五年，家里的新房大张旗鼓地盖起来，相当于旧屋重建，亲朋好友再次齐聚院中，不过这次都谈笑风生，无所顾忌。盖房前，妈妈怕伤到海棠树，用绳子把枝络围拢起来，整棵树就像一个巨大的花骨朵。有些根部生长的粗壮枝，难以聚拢，只好忍心锯下，送给乡里乡亲。

收到花枝的人，都在小婧的感恩簿里。她不时地翻看这个簿子，每个名字背后都有小婧与他们互帮互助的回忆，唯独"王俊锋"是单向给予的。他曾服役的那个部队，她先后去过两次，一次在高中毕业，另一次在读大专时，都是为了打听他的去向，可都无功而返。一时间，她所能为他做的，只有默默祝福：愿他时光温良，一生平安。

## 五

"陈老师，这就是你要找他的原因吗？"航航问道，他眼神清澈，每每眨眼，都会泛起好奇的涟漪。

航航七岁，他是小婧的学生。小婧读完高中，考上甘肃当地一所大专院校的学前教育专业。毕业后，她来到北京，加入这家课外教育培训机构，作为一名思维练习指导教师。这是第二颗种子的魔力，它早年生根发芽，现已绿树参天。她喜欢孩子，也时常回味当孩子时的往事，她希望像亲友们曾经关爱自己一样关爱当下的孩子，所以在课余，她也会关注学生的身心成长，和家长们探讨正确的亲子方式方法。航航是这一期学生中她最关心的一个，他生活在一个重组家庭，与继父同在一个屋檐下。他妈妈和继父工作忙，接孩子总会晚，小婧没课时就会陪着航航等家人。一来二去，他俩的话就多了起来。最近，航航在手机上刷到小婧寻找兵哥哥的视频，好奇发生在老师身上的故事。今天，家人姗姗来迟，他趁机问起她的故事。她没有拒绝，笑着讲给他听。

"是啊，我们要知恩图报，时时刻刻记得人家的好。"小婧回答，想了想，又展开笑颜，"实际上，我只想感谢他，告诉他，我现在过得很好，家人也都好。让他知道，我们没有忘记他。"

"一定会找到的。"航航握着小拳头说。小孩子总会迷之自信，小婧乐见于此，可还是想听听他的见解，问道："为什么呢？"

"那视频点赞都几十万了，你要相信网友的力量。"航航提高嗓门，口吻不容置疑。小婧被他的架势逗笑了，连连说是。航航说得不假，那段视频引发一波寻人热潮，爱心网友纷纷转发，相关或相似信息不断扩充着评论区。她不承想，全国各地竟然有那么多当过兵的"王俊锋"。留言的网友中，还有她去部队找人时接待过她的军官，对方没料到她会如此执着。

"好，我信了。"小婧说。航航的继父赶到，汗水湿了额头，看得出接儿心切。他看了看航航，航航侧过头，不巧与小婧四目相接，眼神中的抵触情绪转瞬即逝。航航对继父的心结在于：这个男人拆散了爸爸妈妈，拆散了他原本的家。从航航妈妈那儿，小婧了解到，航航妈妈和原配天天吵架，既伤害彼此，又给孩子的童年蒙上阴影，才决定离婚止损。她离了一年以后才遇到现任，他对他们母子温柔体贴，工作再忙也以他们为重，照顾航航比孩子亲爸还称职。小婧和航航一旦有独处时间，便会见缝插针，劝航航接纳继父，晓之以理，动之以情。现在，航航至少不会对继父大呼小叫了。坚冰会消融，石头会蚀烂，孩子的心定会因真切的爱而柔软。

两口袋玩具递到小婧面前，航航继父说："这是我妻子让我回家取的，她和航航先前挑的玩具，给你老家的孩子。"玩具看上去都像崭新的，小婧向这对父子连声道谢。工作之余，小婧在打理一个名为"清心公益"的项目。通过这一项目，家长们可把孩子闲置的玩具捐给西北偏远乡村的孩子们，小婧就是这份爱心的传递者，并且成功做了十几期。每一期活动成果，她都会在朋友圈发布，越来越多的家长支持她。小婧不仅给家乡那边的孩子送去福音，还和那边的支教老师联系得热络，与他们探讨教学方式和孩子心理问题的纾解方法，分享自己制作的课程PPT。

从小被社会善待的贫苦孩子，长大后，往往会趋向不同的面貌：有觉得理所当然的，从而好逸恶劳，习惯于向社会索取，沦为精神乞丐；有心存感激的，发愤图强，热衷于向社会回馈，成为人生赢家。庆幸的是，后者居多，他们在幼年时以敏感的触角感知周遭的每一份善意，即使小到一句提醒、一次搀扶，也非常珍视，所以他们更懂得回馈的意义，哪怕自知能量不够强大，无法与慈善家动辄上百万元捐照灯般的慷慨相比，也会尽己所能去回馈。大能者慷大慨，小能者慷小慨，就算是萤火般的绵薄之力也要奉上。他们相信：亿万萤火聚在一起也可照亮囿于至暗之中的人头顶的那片天。

前年春天，小婧带着一批玩具回到家乡，妈妈和弟弟去接她，还给她打下手。她坐在弟弟的车上，望向窗外，惊喜地发现，好些人家的院子都有海棠探出墙头，红红的花冠斜向小路的上方，仿佛一团团喜庆的白昼焰火，好不美丽。这些树，都是小婧家当年盖新房，从她家那棵海棠树上扦插过去的，如今都已顶着花盖头，美了自家院落，也美了这座充满爱的小村庄。

"谢谢爸爸，谢谢所有关爱我的人。"

# 六

小婧和闺密从密集的课表中挤出时间，难得一约。她们正逛商场时，一通电话止住她们的脚步。

闺密看出小婧的神色变化，问了方知是王俊锋当年的连长打来的，是网友帮忙联系上的。

"这么说，找到他了？"闺密讶异道。小婧点点头，从未有过的紧张感包裹着她，仿佛前小半生的寄托都压在她身上，犹如一座山。她暂别闺密，躲进噪声轻微的楼梯间，颤抖着拨通连长告诉她的电话号码。

嘟——她深吸一口气，又极速吐出。

　　嘟——她放下抱在胸前的胳膊，调整呼吸，绽开笑容，旋即僵硬。

　　嘟——她摇摇头。

　　嘟——电话接通！

　　"喂？"

　　"喂，你是王……王……"

　　"是的，我是王俊锋。"

# 非著名喜剧演员的 B 面 ▶

[
**作者按**

有个名叫"神奇的杜兜先生"的微博博主，自诩"非著名喜剧
演员"。他希望我记录他阳光欢脱的 A 面，可我不干。
]

一

对杜兜而言，炒掉领导是无奈之举，可离开体制是必然之举。一
个活宝被条条框框束缚住，不会快乐自己，更不会愉悦他人。于是，
领导上一次跟他谈话时出尔反尔且无理训斥时，他把"上一次"彻底
变成"最后一次"。

身为川音播音专业的高才生，杜兜深信，凭借自己的专业能力以
及大学四年积累的七十多个奖杯和证书，定能闯出一番事业，就像毕
业时拿下羡煞旁人的上星卫视的录用通知书一样。

"杜兜大红大紫！"

"北京，我来也！"

二〇一八年的三伏天，北京热情地拥抱了这位来自山东的大男孩。汗流浃背的杜兜，像无数前来追逐文艺梦想的前辈一样，畅想着属于自己的光鲜未来。他告诫自己要低调，却笑得合不拢嘴，可谓钥匙挂在胸口上——开心。好在北京天热，他心似火，毫不感到违和。

毅然决然辞职的另一个原因是，有人给杜兜兜底。他一脚迈出老东家的同时，刚好迈进了新东家，无缝对接。这家公司的老板曾担任过央视春晚语言类节目导演，这一头衔令杜兜眼冒金光，他脑子里瞬间飘满数不清的幻想泡泡：像小沈阳出演《不差钱》一炮走红，像沈腾演一出"郝建与老太太"为世人所知，像岳云鹏使个小眼神都能逗乐大伙……他坚信大哥能带他飞，他只要抱紧大哥的大腿就好。

准备起飞，三，二……公司倒闭。明明是一场梦，杜兜却怅然若失，他脑袋先是一片空白，又被一堆不明不白的省略号堆满。他想公司面临的只是困境，不是绝境；他想当回英雄，救公司于水火；他想拍着胸脯说，他在，公司则在……他想多了。

杜兜的脸上铺满平素难得一见的忧郁色。他想："我该怎么办？"

二

杜兜只是慌了一下下，他的生活并没有因此滑坡。银行卡上有三万多元，这是自打他上大学经济独立以来慢慢攒下来的钱，够他花上一阵子。他当然不会把自己的状况告知家人，从小就报喜不报忧的他，成功瞒过了每周通话一次的奶奶和通话两三次的妈妈。

终于，在那年年底，杜兜在电话中告诉妈妈："我要上《欢乐喜剧人》啦！"

默剧大师叶逢春的助演，杜兜以这个身份登上节目第五季的舞台。这也是他作为喜剧演员在地方卫视的首秀。这次难得的机会，是那位大哥给他争取到的。公司倒闭后，重情重义的大哥一直带着他，大哥进了叶逢春的团队，把他也拉了进来。

那是叶逢春第二次参加"喜剧之王"的争夺，他本人相当重视。首场节目《那家房客》，是整个团队头脑风暴多个长夜的战果。杜兜迅速在这个成熟的团队中找到立足点，在每个眼的打磨上脑洞大开，给出不一样的创意。最后一夜，时间碾过北京的凌晨三点半，本子终于在龟速推进中润色好最后一行。杜兜原以为默剧没有台词，表演起来相对容易，可现实与想象的差距让一切变得磕磕绊绊。因为是无对话表演，所以更难。正当自我烦恼时，他发现他们团队彩排结束后，叶逢春麻烦工作人员留下一盏场灯，他仅与那盏灯为伴，继续推敲每个走位和动作。那一夜，叶逢春无眠，杜兜也无眠。

打了鸡血的杜兜很快找到表演默剧的感觉和节奏，一米八九的裁缝获得认可，正式登场。大幕拉起，房门一开，裁缝亮相。白衬衫，黑皮鞋，九分裤加背带，油头铮亮，这是他给观众的第一印象。他伸个懒腰，擦过门框，掏出皮尺，走到塑料模特一旁量量它的身段。大院里只有一个水龙头，他占得先机，抢在所有人前头洗漱，身后渐渐排起长队。全场一笑，他知道，主角登场了。他与主角的互动较少，更多时间是在完成自己的戏份或猫在道具后方安静地等待剧情需要他的桥段。即使是助演，他也深信自己是一颗行星，其他助演也是。他们围绕主角这个太阳转，脸上的光彩是太阳的馈赠。不过没有行星相伴，太阳永远成不了太阳系。只有小演员，没有小角色。在精心设计的梗上，观众没有发笑，他微微慌神。可表演是有惯性的，动作快了思绪须臾，他有条不紊地将动作与思绪同步，奔赴下一个哏，抵达，笑声四起。

十三分零十秒，叶逢春团队奉上当晚最惊艳的表演，谢幕时，全场观众起立鼓掌。裁缝变回杜兜，他明明知道，大家的掌声都是送给叶逢春的，却奢望有那么一两位观众注意到他这个和门框齐高的存在而衷心地给他鼓掌。

叶逢春带着两名助演留在台上与郭德纲互动，大哥也是其中之一。杜兜他们七人回到第二演播室，通过大屏幕等待票数揭晓。四百七十二票，当晚最高票数！杜兜兴奋得欢呼雀跃，大哥回来时，他还在扬扬得意。大哥招呼他一起出去，他心想，大哥定是和他分享胜利的喜悦。不料，他出去后，被大哥一顿训斥："那儿是公共场合，家家的演员都在那儿看着，你那样庆祝不合适……"杜兜一时蒙了，观众都在欢呼，演员却要憋着，这是什么道理？

"你是叶逢春团队的人，你那样，别人会认为叶逢春没把人管教好……"大哥没完没了。杜兜一只耳朵听，大部分都从另一只耳朵冒出去。早在上台前，化妆师给他画了眼线，他就被大哥数落了一顿：

助演没必要画眼线！当再被斥责时，他感到冤上加冤，便没好声好气地应承下来。可后来他想了想，大哥说得不无道理。这演戏和做人一样，都要自知，注意分寸，在别人的戏里别抢戏，在别人的地盘别撒欢。醒悟过后，他告诉自己，有朝一日，闪光灯灯海的中心是他时，他再尽情嗨。

那一季，叶逢春一路杀进总决赛，如愿夺得"喜剧之王"的称号。杜兜既为他高兴，又为自己感伤。除了结识了几位同台的前辈，除了这段经历可以写进自己的简介 PPT，他几无收获。

这就是助演的命吧，那个"有朝一日"可能要来得晚一些。若能像张小斐一样，等待则是值得的。

三

退下《欢乐喜剧人》的舞台后，杜兜漂浮在无涯的疲倦之海上，像一叶浮萍随波逐流，莫管自己漂向何方。他像是大病一场，无精打采，木讷地用名为"杜兜大红大紫"的账号打《王者荣耀》。这感觉他很熟悉，大学时参加校外比赛后也如此，只是这次更强烈。长时间高强度的工作在结束的那一刻，取而代之的不是轻松感，而是疲惫感。

实际上，杜兜接触过的很多人都是这样，特别是那些喜剧前辈。在没有镜头的角落里，他们会静静地坐在那儿，寡言少语，若有所思，和舞台上精神饱满、神采飞扬的他们迥然不同。台上台下，反差之大，杜兜有时会恍惚，不知这些热爱表演的人，哪一面才是他们真实的一面。

好在赶上过年，杜兜回到老家调整状态，计划着猪年的种种。而在那"肥硕"的一年，他却"人比黄花瘦"，这给本不成功的事业雪上加霜。

年后，返京的杜兜失业了。坐吃山空的日子里，他不停地奔走面试，打动他的公司很少，可被他打动的公司很多。那一家家门面漂亮的公司，多数都有一张虚假的脸。他闪签了一份艺人经纪合同，可面试他的经纪人隔天离职，他向公司提出解约，好在没因违约而赔款。不靠谱的公司也有靠谱的人，遇见则是幸事。他加入数十个招群演的通告群，在每个群里与四五百个演员争抢着为数不多的演出机会。模卡、简介 PPT、形体展示视频，这一套资料他不知发了多少次。他的通讯录里，满是各大选角工作室的总监、大大小小的制片人、影视剧组的演员副导演，却没几个人愿意给他演出的机会。银行卡的余额日渐消瘦，他可以省吃俭用，伫房租不能不交。

在北京，杜兜深切感受到，若有一座房子，北漂则不再辛苦，而那似乎也失去了北漂的意义。北京的机会多，可人也多，文艺行业又过于饱和，每天都有背起行囊逃出去的人，又有满怀期待进来的人。他清楚，北漂并不是说非要留下，而是说这段磨炼和成长的经历会是一笔财富，让人终身受益。这就是有追求的人闯北京，无论是留还是走，都不会后悔的原因。可当务之急是，他要解决自己的生计问题。向家人开口，他不是没有想过，可在大学时就闭口不谈的事，他怎么好意思在步入社会后张口啃老呢？这是他的底线，他不能戳破它。于是，他降低标准，接起信息流视频的活儿，尽管这些东西让他离梦想越来越远。即使如此，他依然认真地对待每次拍摄任务，视频中的他永远一副笑呵呵的样子，编导和金主都赞不绝口。他的身价也水涨船高，出一天活儿能赚到五百元，最多时有八百元。有人给他算了一笔账，每月至少能赚一万五千元，令人羡慕。可事实上，他一个月也就那么一两天有活干，收入不过一千多元，比当时北京最低工资标准两千二百元还低，相当于打个对折。

　　生活越发窘迫，远在成都的女友知其底细，常常千里送温暖。可更多时候，他要独自面对困境，就像女友在她的热爱中踽踽而行一样。他尝试以阿Q精神抚慰自己，买了两个廉价的刷牙杯子，一个印着笑脸，另一个印着哭面。每天早上，他都会问自己今天是元气满满的一天还是意志消沉的一天。若是前者，他就用笑脸杯子刷牙；若是后者，他则用哭面杯子。可即使想到当天要向金融平台借款交上三个月的房租，他也会坚持用笑脸杯子。他不是没打过哭面杯子的主意，甚至有很多次指尖轻轻擦过它的杯面，可他制止了自己。他告诉自己，如果拿起它，他就输了。

　　当空虚、寂寞、孤独、贫困一并袭来时，杜兜也动过放弃北漂的念头。每当那时，他都会死死抓住一线信念，咬牙挺过去就好了。那信念，是太爷爷给的。上大二的时候，爸爸有一天给他打了电话，说他太爷爷身体虚弱，怕是时日不多了。太爷爷是二十世纪三十年代的大学生，知识分子，家里曾经的大家长。杜兜对他的感情，更多的是敬重，毕竟隔着两代人。那时候，他在北京录节目，和爸妈商讨一番后，决定录完再回去，结果他和太爷爷彻底错过了。太爷爷出殡当天，杜兜回去奔丧，叔叔凑过来对他说："你太爷爷临走前，一下子就清醒了，也不糊涂了，把我们叫到一堆，挨个指认谁是谁，都说对了。就差你和你姐。老爷子一听你姐在美国读书呢，挺欣慰的，倒是问你在干啥。我和你爸，说你现在可出息了，在北京录节目呢。他听了也没听懂，翻来覆去的，我看他见不到你怪难受的，就把你之前录的节目播给他听，寻思安慰安慰他。他听着你的节目，默默地听，一言不发，听了十几分钟，慢慢地闭上眼睛，睡着了似的，去了……"这个故事让杜兜感慨万千，他既自责没见到太爷爷最后一面，又被这位"听众"听着他的节目合上眼的细节深深鼓舞。他暗自下决心：把节目做好，做让人快乐的节目，让难受的人听了或看了都会开心的节目。

杜兜一直坚持着，太爷爷或许看得到。面对困境，他就凭着那个决心和那条信念死撑着，像在等待太爷爷回上一句——

"好！"

## 四

据说，之所以老天赏饭吃，是因为你的真诚和坚毅感动了老天。杜兜接到山东卫视一档真人秀节目的邀约，唐国强、金巧巧、林永健等前辈都会坐镇点评席。

　　杜兜将和几位年轻演员以群演的身份争夺一部影片的几个主演名额。二〇一八年六月，节目隆重播出，他十分卖力，一分一秒都不懈怠。他对自己的演艺之路也有了更深的认识，觉得自己更适合做综艺演员，像陈赫、李光洙那样。生活中好玩的人适合上综艺，综艺感源自演员最本真的状态。不洗澡，硬擦香水是不会香的；不好玩，硬上综艺是不会有综艺感的。节目中，他在稍稍拘谨的氛围中做了搞笑担当，不过正片中，那份担当几乎被剪刀手剪得无影无踪。节目一连六期没激起什么水花，和杜兜最终在影片中所扮演的咖啡厅服务生一样毫不起眼。

　　节目录制后，杜兜又一猛子扎进疲倦之海，从拍摄地径直回到爸妈身边。那一次，他不仅累，还真病了。爸爸陪他去医院做检查，医生嘱咐他别熬夜、多休息，吃点儿药调理调理就好。在去药房的途中，他接到奶奶的电话，爸爸说去开药，杜兜边接电话边点头答应了。奶奶只是问他们爷俩什么时候回去吃午饭，没说别的。放下电话后，他很自责，愧对奶奶、妈妈和其他亲人对他的关心和看好。他用一个个谎言去粉饰自己的不好，继而用更多的谎言去圆谎，好让他们一日放心，永远安心。可他，终于撑不住了。

　　六月下旬，杜兜打通了向妈妈求助的电话，他真的拿不出三个月的房租了，郑重其事地向妈妈借一万元。听筒里没了动静，他以为妈妈受到了惊吓，或者心疼他，哭了。心疼他是当然，儿行千里母担忧，她又何尝不惦记儿子过得好不好呢，可更多的是感到欣慰。她说她和他爸早就知道他过得不好了。她好久没看到他更新朋友圈了，刷不到儿子往日嘻嘻哈哈的状态。他爸前些日子陪他去医院，他以接奶奶电话为由同意爸爸去给他开药，他爸就意识到儿子没钱了。可他们都没说，怕说了后伤害儿子的自尊心，所以他们在焦急地等着，等着儿子主动开口。有时，妈妈旁敲侧击地问他还有没有钱，听他说有，就点到为止，决不揭穿他。他从谎言的深渊里爬了出来，拍拍身上的灰土，深鞠一躬，感谢这对受过良好教育的父母给他留着最后的体面。

## 五

有了家人的支持，杜兜从困境之中出来，走到了困境之上。他知道走路还要脚踏实地，该遇到的困难一个都别想着略过，可他从心中生发出一缕新的自信，让他无所畏惧。

那年年底，杜兜通过选角工作室接触到电视剧《你微笑时很美》剧组，成功拿到一份特约演员的合同。由于疫情的影响，位于深圳的剧组直到二〇二〇年三月才重新开工。他飞到深圳，先是隔离十四天，正好赶上 B 组导演罗昊也在同一家酒店隔离。罗导把他们几位特约演员叫到一起，一起对剧本。杜兜表现得非常灵活，一个个不经意的巧思还给情节增色不少，罗导格外关注他，给他加了不少戏，让他从一个特约演员变成一个小角色。

拍摄期间，杜兜的戏份都完成得又快又好，罗导总会叫他过去和小鲜肉们交流，他总能像个脱口秀明星一样，以他特有的开朗和热情感染他们，让他们卸下包袱、轻装上阵，一出出导演拍案叫绝的好戏就是那样出来的。戏份杀青后，他特意前去感谢罗导的栽培。闲谈中，他才知道选角工作室向剧组给他报的价，比他合同中的片酬多了数倍。导演对他很满意，话里话外都是一个意思：工作室报的价很合理，他值！这个简单的肯定，或许是导演随口一赞，可在他泛着微波的心海掀起了狂浪。

自信，前行！自信让杜兜遇到久仰的著名主持人倪萍，又作为她的"小助理"，一起录制了《攒个局》和《倪吧拉呱》两档微型综艺节目，他"人间开心果"的形象深入人心。前行带来扑面而来的风，裹挟着更多的机会和认可，还有网友找到他的个人社交账号粉上了他。

彼时，杜兜的日子有了点儿爬楼梯吃甘蔗的意思，步步甜。可他依然不愿在众人面前谈及宏愿，比起夸夸其谈，他更愿再下一城时共享喜悦。这般谦逊和矜持在同龄的文艺青年之中尤为可贵。他是新人，是素人，不过不可忘记，他是带着七十多个专业荣誉走出川音的新人，他是撞了南墙也不回头的素人。坚持做对的事，就有了死磕的意义。前期的困苦，是他与整个演艺行业的磨合；后来的顺遂，是金子迟早要发光的至理。更何况他是会开口笑的金子，物以稀为贵。他只要挺直腰板，以一米八九的身高眺望远方，再迈开大长腿撒欢地奔过去，终点则是年轻人的前辈、是明星。

# 六

二〇二一年二月，一家互联网大厂向杜兜抛来橄榄枝，渴望签他为旗下艺人，全方位地打造他的综艺梦。那么，"杜兜大红大紫"或许就不再是神话，"非著名喜剧演员"的头衔似乎也要改了。然而，条件比较苛刻。

签还是不签？

# 小乔的衡中魔幻之旅 ▶

**作者按**

"我是乡下的土猪，立志去拱大城市的白菜！"这一豪言又把衡水中学推到舆论的风口浪尖。关于衡中的诸多传说，UP主"胡杨树BBB"亲测真假。

车子行驶在高速公路上，小乔坐在后排，呆呆地望着窗外，依然对高考的烂摊子耿耿于怀。他知道自己成绩差，却不知会差到连个二本都没捞到。他参加的不是山东高考，也不是河南高考，更不是河北高考，而是北京高考。

小乔不甘心，复读是他能为自己想到的唯一续命办法。爸妈既心痛，又不看好他去复读，可他心意已决，爸妈转而支持。

爸爸整天为了儿子的复读奔波，一个月后，带回一个小乔听了闻风丧胆的好消息："你去衡中复读！"

## 依然热爱生活

河北衡水中学是世人口中的"学霸制造机"，一连多年的清华北大及重点高校录取人数都是全国第一。小乔错过二本的这一年，衡中学子再破纪录，考上清北的一百一十九人，考上"985"的一千六百零九人，考上"211"的三千零九十八人。

这原本是全家人值得去"大董"吃烤鸭庆祝一番的天大好事，小乔却紧张、惶恐、不安。衡中还有"高考工厂"和"高考监狱"的绰号，他不想成为产品，更不想成为囚徒。可他没有拒绝，作为"加害者"的他有什么理由拒绝，继而给替他亡羊补牢的爸妈造成二次伤害呢？

爸爸转动方向盘，车子驶出高速，速度表上的指针在向"0"靠拢，小乔却明显感到车子在加速，到了学校才恍然大悟，原来全世界都在加速。

衡中学生全部住校，复读生也不例外。小乔入乡随俗，提着行李到了寝室。一寝室八人，上下铺睡，空出来的床位是一个未曾谋面的哥们儿留给他的。那哥们儿挺过了军训，却放弃复读。由于他的"慷慨"，小乔得以入住，还侥幸逃过复读生的军训。寝室有独立卫生间，却只许上小号，不许拉大号。味大，难消散，理解万岁。

晚上快十点时，窗外噪声四起，仔细一听，跑步声居多。不一会儿，嘈杂声响彻整条走廊、整座宿舍楼。门忽然一开，有人回来。小乔站在那儿，刚要打招呼，却咽了下去。两三个室友看都没看他一眼，擦过他的肩膀，快步到各自的床铺。还没等他反应过来，就有人从他身后蹿出，端着洗漱盆大步迈向门口，消失。人，陆陆续续进屋，又忙忙慌慌出去，再湿湿答答回来。一个寸头回寝室最晚，他一进门，看到小乔这张生面孔，不禁打量一番。小乔心生欢喜，总算有人注意到他。小乔开口道："你——"

"好"字溺亡，堆砌的笑意在脸上僵成一坨，他比抖包袱不灵的脱口秀演员还尴尬。那寸头在他面前上演扭头，脱衣，下蹲，取盆，走人的戏码，动作连贯，一气呵成。

小乔也端盆到了水房。水龙头很多，可架不住人多，他还是第一次看到排队洗漱的场景。

"还有十分钟熄灯！"不知谁在走廊里放声一呼，前面洗漱的人加快刷牙和搓脸的频率，有的人没刷几下就漱口吐沫，有的人撩水摩挲一把脸就撤了。这急着干什么？他回过神时，水房里只剩他自己，人呢？他瑟瑟一抖，简单洗洗，回了寝室。一进门，灯灭了，眼前瞬间幽暗，脑袋后方那脸盘大的窗口投来走廊的灯光，帮他恢复了些许视觉。

"快上床！"有人闷声提醒小乔。他不知所以，可初来乍到，听从便是。他刚上床，一个脑袋的剪影就遮住了门上的窗口。突然，一道高亮度的光束打进来，扫向一张张床铺，一张张脸。小乔赶紧躺好，闭上眼睛，却看到一片通亮的夹杂着丝丝混沌的嫩红色，不到一秒，漆黑一片。

"手电筒。"小乔猜对了。

凌晨五点半，起床铃轰轰作响，小乔被吵醒，把被子盖在头上。热，浑身发热；晃，床铺在晃。他掀开被子一看，见到室友们都在热火朝天地叠被子，与他头对头的那位只用十几秒就把内务整理好！

"还有五分钟跑操。"寸头对小乔说。

小乔起身忙活起来，想到昨晚善意提醒的应该也是寸头。

隆——隆——隆——隆！

整座楼在响，在颤抖。小乔一时受惊，停下手上的活，以为地震了。

"天天这样。"寸头话音一落，人就不见了。小乔心有余悸，赶忙收拾好床铺，最后一个出了门，也加入制造震动的大军，不料堵在下楼的楼梯上。乌泱泱的后脑勺，占满他并不宽阔的视野。他随波逐流，一级一级地缓缓下移。这拥堵程度堪比早高峰的北京三环，他大开眼界。

好不容易挤出宿舍楼，散兵游勇般飞速跑走。小乔毫无方向感，老天还洒下点儿雾霾，能见度一般，他只好随大流跑去。入列后，他上气不接下气，却惊于同学们手中都有一个便签大小的本子，他们念经似的开合双唇，频率极快，却听不清嘟囔什么。后来，小乔才知道那些本子上是知识点，同学们在跑操前都看，哪怕只看一两分钟。更吃惊的是，冬天的天光来得晚些，同学们会像飞虫一样聚在一盏盏路灯下重复这一看上去用功却没什么效果的习惯。

不知是班长还是体育委员整队，所有人都把本子收入裤兜，昂首挺胸，那一点点雾霾遮不住他们斗士般坚毅的目光。那光泽在小乔的余光里熠熠生辉，他的后脑勺被后排同学看得敏感起来，微微发烫。

队伍开跑，前后排仅半米之隔，小乔不断地变换步幅，生怕踩到前排的脚后跟。班长起个头，全班同学齐声大喊："五三八班！奋勇争先！超越自我！挑战极限！"声音震耳欲聋，小乔处在声源的正中央，浑身的细胞都好似在共振。所有班级都喊起口号，教学楼前后，声浪此起彼伏。小乔不由自主地兴奋起来，提高嗓门，大喊："五三八班！奋勇争先！超越自我！挑战极限！"不巧，一声惨叫穿透声浪，前面的班级有个学生不小心摔倒，后面的人躲闪不及，踩到他的肋骨。受伤的学生被抬走，没再发出任何呻吟。小乔吊着胆，用心丈量每一步，害怕自己出事故。

跑过操的小乔不仅彻底清醒，还精神抖擞，跟着意气风发的同学们去教室晨读。话说这复读班，教室巨大无比，十行十五列，左右两边各三列，两条羊肠过道的中间是拥挤的九列，中间一列的同学进去或出来往往会惊动四个人。然而，像这样的复读班，文科班有四个，理科班有八个，每班都是标配的一百五十人，加起来共有一千八百人。小乔是一千八百分之一，在两个文科复读普通班之一的五三八班，隔壁是被他们班视为眼中钉的另一个普通班五三九班。

小乔的位置在第九行，座位并非固定，每次大考后都会调整，成绩好的往前坐，退步的往后来，除了个头参天的，其他人都一起玩"后浪追前浪"。他刚一落座，全班同学就拿着各式各样的书本站起来，大声朗读。有的站得笔直，双手托书，规规矩矩地读；有的举止潇洒，配合手势，像在发表演说；有的面目狰狞，扯破嗓子，只为自己能读得最大声。海拔的盆地，声音的凹点，都落在小乔一人身上。班主任看了他一眼，他怯生生地站起来读书，却听不到自己的声音，甚至被干扰得不知自己在读什么。这样的晨读有什么意义，难道不是互相伤害吗？然而，这样的伤害会持续半个小时甚至更久，而且只要无休，就雷打不动天天有。

上午的课倒是轻松，任课老师简单讲讲知识点，划划重点，然后一套套试卷从前排如海浪般涌向后排。时间一到，有的试卷收走，有的试卷当堂公布答案，对的题不管不顾，错的题请上错题本。半年下来，小乔用尺量了又量，卷子的厚度有五十三厘米！错题本编上号，有十一本！再厚些，再多些，他就离自己的理想院校更近了。每当路过教室后排的书柜时，他都会瞄一眼自己的那一格，贴纸上的"中央财经大学"正在朝他微笑。其他人也有，把清华北大视作理想院校的，有四十多人。

吃午饭是一场极速争夺战。铃声一响，任课老师从不拖堂，放学生们快快前往食堂。小乔被人流推着走，一出教学楼大门，同学们纷纷起跑，通往食堂的条条捷径都变成跑道。他赶到食堂时，已是人山人海，甚至有人吃完往外走和他撞个满怀。食堂很大，菜品很多，刷新他对高中食堂的认知。他排队买饭时，看到餐桌上的学生都不是在吃饭，而是在往嘴里灌饭，男生女生都如此。一个女生，两三分钟把一大碗烤肉饭吃光，晃着马尾辫，一路小跑出了食堂。小乔买好了饭，转身一看，一多半人凭空蒸发，到处都是空位置。有个男生看了一眼手表，迅速起身，端着餐盘倒掉剩饭剩菜。都是时间逼的，浪费现象很严重。最绝的莫过于一个高三的应届生，无论早晚，他一来食堂，都去人最少的包子窗口买包子，买好了就边走边吃，走到门口时，四五个包子入肚，一餐解决。后来，他在高考中一举夺魁，成为衡中状元。

午睡时，小乔翻来覆去睡不着，都怪吃得太快，胃胀难受。下午的课上，他打起瞌睡，像开采石油的磕头机一样不停点头。班主任从后窗投来鹰一般犀利的目光，牢牢锁定目标。班主任走到前门，示意任课老师停一停，这时的小乔已被寸头用胳膊肘捶醒。班主任指着小乔的方向，小乔不知何故，却紧张到仿佛心脏在嗓子眼都怦怦直跳。

"陈丹，你出来！"班主任喊道。前排有一半人站起来，给陈丹让路。这姑娘低着头走出教室。任课老师继续讲课，却被走廊里的声音盖过。

"中午为什么不睡觉？"

"做题了。"

"然后下午犯困！你这是低效学习，没效果，不可取！你不服从统一安排，自作主张，影响到其他人怎么办？回家跟你爸妈解释吧。"

"不要啊老师，我不敢了。"

"……"

三观不是碎了一次就完，还可以稀碎。因偷偷学习而被狠狠批评，是衡中的特色。小乔的班主任还算仁慈，批评几句就放了学生，有的班主任真会把学生撵回家，让学生整日面对父母的刁难，返校后又极易被复习进度落下。这一招在不兴打骂体罚的当今，可谓伤害性最大。

衡中的高三没有月考，而有三周考，最后一科结束在周六中午十二点，考完直接放假。每逢放假日，校门口犹如办车展，挤得水泄不通。小乔在缝隙中穿梭，发现冀 A 牌照的车居多，也相对更奢豪，不知谁家的亲戚开着两座的法拉利来接人。河北各地的牌照都有，冀T 并未占得本地优势。可有一点不容置疑，全省非富即贵家庭的孩子，多数都在衡中。

车去人散，二十二小时后，车回人聚。没错，衡中放假不足一天，以小时计算更为妥帖。从周六中午十二点放到周日上午十点，整整二十二小时。放假时门口堵塞和大家都急着接孩子回家享受生活的心情有关，你急我也急，抢着抢着就堵了，谁都别想早走。这不到一天的时间里，小乔会吃顿好的，强迫自己细嚼慢咽，还会舒舒服服洗个热水澡。最令他不解的是，班上有人在放假时都不洗澡，到了下次放假时可是连续六周都没洗澡，那气味弥漫在教室里堪比生化武器，令人作呕。除了嗅觉炸弹，还有视觉炸弹，小乔班的佼佼者喜欢搓簌，还把滚雪球的技能加以运用，结果搓出比鹌鹑蛋还大的簌球。放假时间虽短，但足够洗个澡吧?

比学生还惨的是老师，特别是班主任。班主任每天与学生同步作息，可在学生放假的二十二小时里还要批改三周考的试卷，录入成绩，提取成绩排名单，分析班级及学生个人情况，筹办誓师大会。学生周日一返校，誓师大会隆重举行。

不出意外，小乔考了全班最后一名，倒数第二名少答数学的一面试卷都比他分数高。底线思维就像白细胞围攻侵入人体的病菌一样拯救着他，都怪自己来得晚，都怪自己还不适应，都怪……反正有数不清的理由将倒数第一合理化。他不必黯然神伤，因为没人在意他。主席台上的校领导做这次三周考的总结，时不时地有所延伸或渲染。只见他不知从哪儿掏出一个东西，举在众人面前。

"这！是我从清华大学带回来的……笔袋！"

小乔刚想笑，却憋住了，他被一股强大的气场震慑住。身边同学眼冒金光，直勾勾地看着那个模糊的笔袋，就像看到了清华人气最高的二校门一样。一股电流击穿小乔的脑袋，他不知那意味着什么，但他知道在衡中有些东西是信仰是一切，不可亵渎。

"今天，我要给每位成绩优异的学生颁发一个笔袋！"

掌声雷动，越是嫉妒的人，掌声越是响亮，欲盖弥彰者，更易让人看穿嫉妒心。各班的佼佼者和进步大的后进生纷纷上台领奖，身为后者的寸头也在其中。小乔替他高兴，只夹杂着些许嫉妒，因为他算是小乔最好的朋友。倘若寸头读的不是高五，他和小乔一定会成为铁哥们儿。可没办法，他必须争分夺秒学习，必须将高中之旅终结在来年高考。

表彰过后，各班班长上台表决心，作为假想敌的两个班"互相伤害"。

"五三八班，奋起直追！一巴掌把五三九班拍在沙滩上！"

全班沸腾，小乔和同学们朝着五三九班做出挑衅的姿态，引来嘘声一片。小乔不认识五三九班的任何人，可并不妨碍他轻蔑对方。这是班与班之间的对抗！

"五三九班，无人能及！别说这次，就是下次，下下下次，我们都把五三八班死死压在屁股下！"

"喊！"小乔被对方班长冒犯到，像杀红了眼的斗士，尝试撕破对方欢呼的阵线。当发现不能动武时，他敲破自己的胸膛，释放心中的野兽，发誓下次让他们全班"血债血偿"！

要的就是这股劲，有了它，小乔走路带风，卷子刷飞，学得不知疲倦。他缩小和倒数第二的分差，继而超过他，向前，向前，再向前，在回京参加模拟考之前的三周考，他考到自己人生巅峰的班级倒数第十，无比荣光！

小乔雄赳赳地钻进爸妈的车里，摇下车窗，向衡中的校门致敬。车子启动，前排的爸妈一言不发，他没在意，仍对学校恋恋不舍。车子开上高速公路时，他感到剧烈颠簸，以为爆胎了，向窗外一看，大吃一惊。路面犹如抖动的绸缎，翻滚着波峰与波谷，突然材质大变，一颗颗小肉粒密密麻麻地平铺其上，柔软且猩红，像舌乳头一样。他喊着爸妈，没人理他，连头都不回。下降，车子随着路面下降，降至最深处停了。"结束了？"砰的一声，车子就像被弹射的石头飞向远方。

"啊——啊——啊！"小乔大喊大叫，睁开胶水般粘连的眼皮，看到挡风玻璃外有一张血盆大口，长满獠牙，吐着鞭舌，而且越来越大！那是……那是……衡中校园！

"啊！"小乔弹坐起来，看看四周，原来在自己的卧室。他叹了一口气，刚刚又梦到了复读。他曾好奇地问过寸头，寸头说他也总会梦到衡中，并且和他们有着类似梦境的人，很多很多。

电影《战狼2》上映火爆后，网络上流传开"战狼PTSD"的黑话，PTSD创伤后应激障碍，复读生一套用则有了"复读PTSD"。复读给小乔和寸头他们徒增的身心压力无疑是巨大的，成绩稳定还好，若是忽高忽低，则会不断将他们抛向精神崩溃和意志粉碎的边缘。

现实中，小乔掉了三十斤肉，并非被血盆大口咬掉的。他也惊叹，没想到纯脑力劳动也能减肥。他身轻如燕，信心满满地回京参加一模，结果惨遭滑铁卢，分数仅比二本分数线高出十分。丢下已久的底线思维重新找上他，他给自己的失败找到无数个理由，比如河北的出题思路和北京的不一样。第二次模拟考试，他考得更糟，比二本线低了十分。爸妈的脸丢个精光，亲友们都不忍心来安慰，他开始怀疑衡中模式，也尝试否定它。

在衡中，高考是唯一信仰，这是衡中模式的核心。若说它是"高考监狱"，小乔自觉管理虽严格，但言重了。可若说它是"高考工厂"，小乔则双手赞成。衡中不像人大附中、北京四中那样培养全面发展的人才，至少不专注于此。衡中的重中之重是打造擅长挤高考这座独木桥的产品。既然是产品，就不需过多展示个性或特色，学生只要按照工厂流水线走，按时起床，按时跑操，按时上课，按时吃饭，按时睡觉，日复一日，就可被包装成竞争力远强于最初的自己的高考产品，而那些包含天赋和悟性在内的个性或特色将内化于心、外化于行，最为直接的体现则是名次。在衡中，贵在守规矩，贵在坚持，所以那些中午不睡觉下午打瞌睡的学生会被严厉批评，那些晚上躺床上偷偷学习的学生会被请回家。可小乔恨就恨在，他守规矩了，也坚持了，怎么就没见效？

回京参加一模前，小乔对衡中模式是日趋赞同的。这一模式是经过数次高考检验过的科学合理、实用性强、回报率高的教学模式。它的每一环节都做到极致，深谙人心，甚至触及人性，戳中欲望。组织管理制度和纪律不必说，细枝末节不得不提：它提倡学生跑操前拿着本子复习一两分钟，只为营造紧迫感；它鼓励教导老师在自习课上突然打开一扇门，只为测试哪些学生抬头而没有聚精会神学习；它要求学生每天按照"衡中字体"习字十几分钟，只为赢得批卷老师的好感和卷面分；它让学校超市全部采购面包、蛋糕、牛奶、巧克力等高热量食物，只为疲累的学生吃了能迅速补充能量……总之，它希望学生只管学习、做题、学习、做题，心无旁骛，在高考考场上做对更多的题、拿到更高的分。

由于效果极佳，衡中模式也担负了更重的社会责任。京津冀一体化后，最优的资源集结在北京，其次在天津，轮到衡水这三四线城市还有什么？城市的街道，灰色的基调，怎么看，衡中都是衡水最亮乃至唯一的闪光点。就说这复读班，小乔那一届一千八百人，每人费用一万元，总计有一千八百万元，并且那只是衡中打造的产品线之一，像特长班和国际班都有不菲的收入。衡中绝对是衡水市当之无愧的纳税大户。教育商业化，衡中是公立学校中无可争议的第一，说不定哪天就上市了。

质疑过后，小乔并不恨衡中，还很感谢它，像大多数校友那样。

那年高考，语文考了一百一十分，那是他高中四年第二次及格；数学考了一百四十分，大幅度刷高分数；英语一百二十分，创下个人最好成绩；文综二百三十五分，第一次及格。总分六百零五分，比上一年分数高出八十多分，够不到中央财经大学，却也去了北京的一所一本院校。这就是衡中奇迹在他身上的显影。他也感谢自己在二模后静下心来，再三相信衡中模式，一遍遍地翻看自己的错题本和知识点备注，谁知就美梦成真了呢。

小乔承认，教育资源确实分配不均，在城市与农村之间，在一线城市与其他城市之间。然而，衡中似乎是打破这一格局的神奇存在，它砸开层层壁垒，在窟窿中架起云梯，把许许多多农村孩子输送到全国各大城市。他们来势汹汹，誓要瓜分城市的种种资源。小乔庆幸的是，他守住了他的一亩三分白菜地。

衡中之旅，魔幻且珍贵，是小乔一辈子都舍不得忘怀的往事，醒来见，梦里也见。他大学毕业那年，衡中再创新高，共有二百七十五人考上清北。

瞧，衡中奇迹，仍在上演。

# 大龙与照二 ▶

**作者按**

身前是火焰，身后是乐园。他们是无畏的金，不惧的墙。一名
烈火英雄是怎么炼成的？有人给了答案。

## 大龙

闹铃响了两个小时，断断续续地，终于消停了。

睡眼惺忪的大龙，躺在床上刷起手机，没有起来的意思。天津
港爆炸的消息弹到屏幕上，消防人员伤亡惨重。他为之一颤，弹坐
起身。

"我差点儿就去当消防兵了！"

大龙上半身赤裸着，除却脑袋和双臂，通通陷入骨骼间的缝隙。
他想到照二，赶紧发条信息——

"照二，天津港爆炸了，你还去消防吗？"

大龙和照二是同寝室友，身高都一米九，精瘦精瘦的。两人整天黏在一起，起床、睡懒觉、吃饭、吸烟、打排球、洗澡、上课、逃课、挂科出奇一致，连上大号都一左一右两个隔间同步发力。唯独各自的女友可短暂地分开他们，可两对恋人的罗曼史都无疾而终。

两人对什么事都漠不关心，除了当老师。做人民教师是他们共同的梦想，尽管那在他们师范生中不足为奇。

大龙的梦想，源于他十三岁那年遇到的一名实习男老师，他是北师大的学生。初来乍到那天，老师扎着小辫，踩着滑板溜进教室，小燕子一般轻盈地跳上讲台，开口即是授课模式。那一连串炫酷的动作颠覆了他对老师的认知，缓过神后，当老师的宏愿已如红日高高挂起。

由于想当老师，大龙对乡村支教特别上心。大一学生原本没有支教的硬性要求，他却换了个人似的，踊跃报名，还拉上照二，混进学长学姐的队伍，坐上开往彩云之南的火车，一路辗转到景东彝族自治县，抵达哀牢山下的一个乡村小学。在那里，他们一待就是二十天，白天给孩子们辅导功课，得空和村民们谈谈心，晚上回到教室，钻进各自的睡袋与虫同眠。

尿憋得慌，大龙下床去卫生间。哗哗声经久不息，他原地打发着时间，视线转移到一旁的大盆，里面正泡着衣服，水面上浮着一层闪闪发光的鳞片似的微小东西。这些是他刚刚结束的第二次支教之旅的有力证据——跳蚤的尸骸。没错，这些不要命的小家伙，不管白天黑夜，都在他们身上撒野。他和照二彼此挠痒痒，有时一巴掌拍在照二的后背上，掀开背心数一数，三四只跳蚤爆浆而死。然而，若想彻底消灭它们，则须用开水烫泡衣物，如眼前这般。

这是大龙和照二最后一次同去支教。暑假后，大龙将返校读大三，而照二去当兵，保留两年学籍，退伍后再读大三。可那时，大龙就毕业了，于是前两天从云南回来道别时，他紧紧抱住照二，说："好好当兵，别把我忘了。"他真不舍得照二，征兵时，他和照二一起报了名，可体检时他被刷了下来，只因体重比照二轻了几斤，卡在合格线以下。

大龙冲了马桶，蹲下身，手刚沾到泡着的衣服，洗的兴致全无。他甩甩手，回屋上了床。手机有新信息，他滑开一看，是照二发来的，三个字，没有标点符号——

"必须去"。

## 照二

应征出发当天，武装部办了场小而隆重的欢送会，仪式感满满。新兵蛋子们，身着迷彩服，胸戴大红花，大红大绿好不俗气。排头的照二一脸严肃，内心却沾沾自喜，中考和高考不曾给过他的荣耀感，在这一场合得偿所愿。他想，大龙不来当兵，亏了。

"什么样的兵最有战斗力？"这是新兵连班长甩给照二他们的一个问题。班长问得很认真，新兵答得很积极，可班长不住地摇头。

"沉默的兵最有战斗力。"班长给出他的答案。人人听了都茫然，参不透个中道理。没人想象得到，"沉默"正是他们历经一百零九天所要抵达的终点。

训练前，新兵的行李入库封存，手机锁进队部的保险柜里，只留下部队发放的被装以及训练和生活用品。照二由内到外都是部队货，包括裤衩，他被迫与过去所拥有的全部做切割。尽管当兵是自愿的，他也想一改与大龙整天混日子的颓态，可一旦"被迫"，心中那头盲目自由的怪兽则会抖起浑身的逆鳞抗争。可他环视四周，到处是清一色的制服。他望而生畏，自知无法以一敌百，只好放弃。然而，那不过是"剥夺游戏"的开头。

班长抠掉所有电子表的电池，机械表一律没收。天还未亮，照二他们就陆续爬起来磨被子，薄被子才能叠成豆腐块。几点了，磨了多久？没人知道。照二站在烈日下，绷紧全身肌肉，即使汗水涩了眼睛、蚊虫过来叮咬，也不敢动上一动。军姿站了多久？没人知道。晚上练体能，这一晚的基础量是前一夜的极限量，突破不了别想休息。练了多久？没人知道。一人犯错，全班挨罚，照二憎恶别人牵累他，也惭愧自己连累了别人。罚蹲了多久？没人知道。他们对时间的感知，被生生剥夺，哨声是他们唯一的寄托。一声声哨响把一整天的作息切分成规规整整的单元。同吃、同训练、同学习、同娱乐、同休息，没人敢明目张胆地跳脱这个框框。

全班被恩准打扑克时，照二却神游在小说《三三》中，从主人公身上寻求丝丝慰藉，连有人投给他的死亡凝视都没注意。

"嗯？"照二动动鼻子，有烟味！谁胆子这么大，敢在班里抽烟？他猛一抬头，看到那不怕死的家伙——班长！

脑袋猛地埋进书里，他什么都没看到。可烟味仿佛扎在心脏上，不仅不退，还越发浓郁，熏得照二浑身奇痒。让有烟瘾者无烟可抽，却吸二手烟，那无疑是酷刑。

照二和班长的私人关系还不错，毕竟两人都是大学生士兵，照二刚到训练基地时，两人还相谈甚欢。一番心理建设后，他绽开笑脸。

"班长，你是我们的头儿。带头冲锋行，可别带头犯错误啊。别在屋里抽。"

战友们像被打了个"春天"一样，握着手牌一动不动，视线在班长和照二之间来回摆荡。班长一言不发，死盯照二，最后低下头，卸去威严，掐断剩了半截的烟扔在地上。

看上去游说成功，可照二总感觉不对劲。他的直觉是准的。

班长对照二的"关照"过于殷勤：照二会因一个晃动被调到排尾，整个连队都注意到他这个滑稽的存在；会因犯个小错被剥夺交流的权利……每天，照二在床板下画道道，早上画半道，晚上画半道，两个半道合成一道，又挨过一天。

照二认了，从他佩戴大红花踏上运兵车的那一刻起，他就得像分期付款一样，开始偿还他预支的账单。不然，如此荣耀身份，一个颓废青年凭什么拥有？

"啪啦"一声，一对喜鹊从山楂树上飞走，照二吓了一跳，却不敢真跳。这棵树距他仅仅几步远，可他迈不过去，因为那儿是自由。

"大龙，幸好你没来。"

## 大龙

没了照二的日子，味如嚼蜡，可大龙没再找伴儿。事实上，那么堕落又能陪他堕落的人，比熊猫还濒危。

对于堕落，大龙变本加厉。他不再只睡到中午，而会一睡睡到下午。辅导员早已放弃苦口婆心的规劝，只是例行公事地提醒他再挂科很危险。大龙和室友的互动，越来越少，原来还能和照二一起，跟其他人夜聊。如今，别人聊天，他把自己关在话题外，默默刷着手机。意识到无聊时，他会给照二发信息，可一直石沉大海。

排球队的训练，不再吸引大龙，发呆是他独自开发出的新爱好。曾经相好的学长演出，他前去捧场，从头发呆到尾。期末复习时，别人热火朝天地翻书，他对着一本天书发呆，到了半夜，书还停留在傍晚的那一页。无聊啊！他试探性地给照二发信息，对方依然没回。他想，怕是照二心傲了，不认他这个兄弟了，罢了！

状态不对，大龙知道这样下去，那个当老师的梦想会像虫啃蚁噬过的空中楼阁一般摇摇欲坠，可他无力挣脱怠惰的泥沼。他每挣扎一下，都会往下陷一大截。可他也有走运的时候，偶尔励志一把。

一天早上，室友们在床下生拉硬拽，总算把大龙扯下床。这是前一晚他特意嘱咐大家的，为了一堂重要的答疑课。去教室的路上，他嗅到早上八点的清新空气，胸口极度舒服。那堂课上，老师点了名，开课以来第一次点名，好给大家考勤分。老师点到大龙的名字时，他洪亮答"到"，高兴得像要上台领奖似的。他这一声，引起老师的注意，他发现这大个头好像从没上过他的课，心头一恨，直接给大龙考勤零分。

那一科大龙挂掉，还挂了其他四科。挂科他并不陌生，唯一不同的是，成绩排名表上，没了照二给他垫底。

## 照二

什么东西在变化着？那个变化，好像也不是个变化，它倒像个活物，藏在他的身体里，冷不防地咬他一口。他猛然一抖，摸摸自己的身子，四肢健全，五脏六腑似乎也都在。有时，他能听到花生壳裂开的声音，闷脆闷脆的，从身体的里面传来。不知是多出个活物，还是活物在蜕去外壳的其他部分。

这个小小新兵班里的每个人，似乎都有变化，爱笑的小金变得正经，爱吹牛的小董变得稳重，爱哭的小钱变得硬朗……

"这是为什么？"

洗好澡后，照二擦去镜子上的水珠，赤身对着它。这一自恋又随性的举止，在此前并不寻常，班长的两分钟倒计时曾让有的战友来不及穿内裤光腚跑去列队。可快下连了，班长不再那么苦苦相逼，照二才有时间生活，进而让生活稍稍放慢脚步。

照二体态的变化一览无余，隆起的胸肌，浮现的腹肌，膨胀的肱二头肌，这些是他当兵前不曾有的。侧过身去，那微驼的背挺拔着，好像靠着一堵无形的墙。还有他的眼睛，他贴近镜面看，眼里有红血丝，却释放着坚毅的光芒。忽然想起，其他人的眼里有和他同样的目光，而这又和班长他们老兵的相似。

下连队的那天，照二背起行囊，告别新兵战友，奔赴前程。临行前，照二还有一笔债没了结，尽管他不知道自己是债主还是欠债的，但他告诉自己必须了结。向后转！动作完美，双目如炬，他把班长的目光引燃。

照二面前，是他知恨以来第一个所恨之人，这个人把他自由烂漫的情怀戳破，把他视作珍宝的尊严践踏！可是……他猛地抬起右胳膊，向班长郑重敬礼。班长愣了一下，马上还礼，两人迟迟不肯放下手臂。

照二眼中充盈着泪水，他把自己搞蒙，可他认为这个敬礼发于内心。他从班长的眸中看到变强的自己，心中默念："谢了，我的班长！"班长像是听到了一样，豆大的泪珠汨汨滚落。两个男人犹如两座山，哭着哭着，山山而川。

"照二，下连队好好工作，别整天跟老兵油子胡扯。"班长隔着这一道川嘱咐道。照二哽咽难声，用力点头，看着班长转身离去，直至消失。

组织性和纪律性，一切都是为了组织性和纪律性。照二最终理解了班长的苦衷，他不过是挥舞鞭子把羊赶出或赶进羊圈的人。然而，就是这样一个普通的执行者，就把他们一班十个新兵变得沉默，变得有战斗力。

部队是个神奇的地方，石子、木头、土疙瘩、碎玻璃或其他什么都会被镀上一层钢，消灭每一个体之于组织性和纪律性无益的个性与不凡，通通变成一个模子出来的足够坚硬的可随时上膛发射的弹珠。功夫深的人，内里可违背一切化学和物理定律彻底钢化，成为精兵强将。

下连队的路上，照二平复了心情，三个多月来第一次开启手机。一阵阵信息轰炸，这其中就有大龙的，他前前后后发了二十多条。照二高兴地回他一条——

"老子自由了！"

大龙没回音，照二没在意，忙着给别人报喜去了。

## 大龙

大龙自我感觉很差，他心虚甚至心悸。窗外的风景狂风一般刮向后方，他离学校越来越远，却感到自己犹如一条橡皮筋被越拉越长，迟早被拉断。

上学期，也就是刚结束的大三下学期，他又挂了五科，之前挂的科还有很多补考没过要重修甚至三修的。大龙真的慌了，学校能放过他吗？唉！大学一直以来不过是个驻足的地点，现在却是梦魇般的存在。

在支教的山村，大龙习惯独来独往，沉默寡言，和同行的支教老师交流甚少。可在辅导功课时，他整个人就像通了电的灯泡一样，发光发热，渴望给予孩子们多一点儿，更多一点儿。

"你是最好的老师。"小女孩对大龙说，咧嘴一笑，连牙窟窿看上去都很美。他只高兴了一下，不敢告诉她他还不是老师，也不知道自己能不能当成老师。

教书之余，大龙会到高大爷家做客。前两次来支教的时候，他就感受到村民的热情好客，高大爷还经常邀请他们到家里玩。一来二去，大家都和高大爷熟悉了。

大龙和高大爷攀谈着，聊东聊西，聊到大龙并不想提及的照二，好在大爷老伴端来"甜水"，岔开了话题。甜水如蜜绵润，一如既往的味道，里面有红糖和鸡蛋。他想，这村子里的人该是甜水喝多了，人都这么甜。待一会儿，"辣水"上来，这是自家酿的酒。大龙不胜酒力，小呷一口，以示敬意。

"明年毕业吧？"高大爷随口一问，大龙的痛点被戳成坑。

情绪堵塞了喉咙，大龙张开嘴，却说不出话，吧嗒吧嗒，泪如雨下。


## 照二


消防车出动，警笛在头顶嗡嗡响，沿途的车闻之避让，抢险通道一路绿灯。

照二坐在二车"斯堪尼亚里",身后跟着自己坐了数月的三车"大奔",前面是精英所在的头车"大力",他一直盼着出警前中队长说"照二上大力"。

照二看着前车的屁股,思绪飘向遥远的大学。辅导员刚给他打过电话,学校将举办毕业典礼,邀请他回去参加,他一口答应。近两年,他和老师同学联系很少,和大龙的对话框都荒凉了一年多。可他想去看看大龙和其他人,也让他们看看自己的变化。

一次次训练,一次次出警,一次次比武竞赛,无不雕琢着他的体貌、骨骼和心智。救人灭火是他的职责,他也成了这方面的"专家"。地方消防人员来部队交流,在水枪喷水的那一刻,强大的水压将五个把持水枪的人掀得人仰马翻。那一刻,他就懂了,消防不只是个技术活,还是个专业活,不是谁都能上手的,专业的活应该交给专业的人来干。

顺利抵达火场,浓烟从一栋多层居民楼的数个破口滚滚冒出,像是恶魔正在挥舞的魔爪。他听从命令,全副武装,自上而下搜救没来得及逃出的居民。

面罩外的黑,像风拂过的烟雾一样缥缈,像石头激起的水波一般荡漾。黑灰博弈,黑吞掉灰,灰又撕开黑,你来我往,恍惚了照二的神志。他把手扣在面罩上,黑得几无差异。

照二留给每扇门的回应时间等同,屋里没有动静的话,他就跑向下一扇门,终于敲开了一扇。门缓缓开启,烟雾滚入屋内,蹿上天花板，一对老夫妇惊慌的脸浮现，生命与活的希望再次连接。

手上只有一个面罩，照二给大妈戴上，嘱咐大爷等他来接，随后就带着大妈快速下楼。楼道开始走水，照二紧扶着大妈，一步一步落得踏实，最后安全抵达楼外。氧气瓶余量不足，他刚要跑去换备用瓶，却被人拉住。

"我老伴儿还在里面呢！"大妈拽着照二的胳膊，近似哀求地喊道。

刹那间，照二体内发生聚变，一股莫名的力量在重整他的身心、他的思想。大妈混浊却放光的眸子，衰老却有力的手，让他真正感到她需要他，感到百姓需要消防员。一个人所做的事有什么价值，不取决于事情本身，而取决于你做了什么。"消防"只是空洞的词，你救了人，你灭了火，就有了具体价值和实际意义。职责、使命、担当，他一并领悟，仅仅片刻。

"您放心！"

照二与时间赛跑，一路抵达门前，用力推开了门。所有人，陆陆续续转过身来，纷纷投来目光，先是好奇，再是惊艳。掌声和欢呼声渐进，继而雷动，经久不息。

炎炎夏日，照二身穿春秋常服，挺着笔直的身板沿着过道走到毕业典礼的舞台前，立定，敬礼！气氛达到高潮，空气中弥漫着羡慕和敬佩的气息。从台上台下师生们喜悦的表情中，照二终于认定了一个事实：他脱胎换骨了。

唯一的遗憾是，照二没有看到大龙的身影。和辅导员聊了方知，大龙挂科太多，被勒令退学了。

## 大龙

大四上学期，大龙离开了校园。他无颜告知家人，于是做出他小半生最有勇气的决定：一个人留在南方打拼。

高中学历，或者说大学肄业，在人才市场步履维艰。他没有创业头脑，也没有能拿到体面工作的实力，唯有崇尚自由的心，却无人买单。可为了生存，他还是贱卖了这颗心，找到一份每月三千、每天工作十小时的保安工作。后来，由于他上夜班时一觉睡到天亮，公司库房被盗，他被辞退。送外卖、收快递赚的是汗水钱，可他吝惜自己的汗，赚得自然比同行少得多。

半年时间，大龙频繁换工作，工资却越换越低，即使三餐简单到烧饼和白开水，也入不敷出。他从金融平台借钱，快到期时，就拆了东墙补西墙，折腾几个月后，债务缠身。催债人天天电话骚扰他，都约他面谈，听上去像一个个威胁。他抛下九平方米的出租屋，只背上一个双肩包，偷偷逃回老家。

可催债人阴魂不散，无孔不入。大龙厚着脸皮朝同学借钱，却杯水车薪。走投无路时，他听说照二退役了，还有一笔不菲的复员费。思前想后，不足一秒，他给照二发了信息约他。

对方秒回。

第二天，赴约的地铁上，他看到一个挺拔的身影，和照二有点儿像，可个子更高，侧颜硬朗，脸颊有肉，身子也结实。那个人，走路带风，三步两步冲出人群，在上行的扶梯上蹬着台阶，不一会儿就消失了。

大龙心想，那人有英雄气概，自己活成那样就好了。正想着的时候，他恰好路过一堵玻璃墙，里面的人弯腰驼背、骨肉如柴、精神萎靡，他看了一眼，嫌弃不已。

到了餐厅后，大龙刚一进门，就如弹球撞墙般弹了回来。他扒着门框往里看，悄悄地、谨慎地，看了又看，摇一摇头，猛地撤身，转头就跑。


## 照二


门口没人接待，照二走进餐厅，选了靠窗的位置就座。

窗明几净，照二望着窗外的一所中学，想到自己快要返校复学，继续为老师的梦想而奋斗，就满怀期待。回去后会不会现原形？他问过自己几次，以前没有确切答案，可他现在认为不会。他对自由有了新的认识："自由不是你想做什么就能做什么，而是你不想做什么就可以不做什么。"这不是照二说的，而是康德说的，但有用就好。

视线回到玻璃上，照二看到自己的脸，天天见看不出胖，但他体重是实打实的一百五十斤，复员回家后吓了爸妈一跳，可比起过去病态的消瘦，他更喜欢现在健康的壮实。

玻璃上有个人影，那是？照二一回头，门口什么都没有。服务员走过来，问道："下午好，先生。请问您几位？"

照二微微一笑，说："一位。"

## 尾声

大龙是照二在入伍之后不再经历的自己，是照二蜕下去且不愿不肯再套上的皮囊。

# 后记

二〇二〇年四月份，肆虐的疫情刚开始出现缓和的迹象时，我和陈磊在家里实在憋不住了，打算出来做点儿什么。

一次公园的碰面之后，我们萌生了记录年轻人经历的想法。他们是社会的主体，他们的声音中蕴藏着最真实的力量，理应被更多人听到。

我们眼中没有普通人，每个人都有他独特的经历。也许某段经历不值得上新闻，很容易被忽略掉，但其作为一个切口，同样能反映出一些社会和人性问题。倘若如此，它则具有记录价值。

一晃一年多过去了，我们深度对话了超过五百位年轻人，发布了三百多期节目，在全网也积累了超过千万的粉丝。

至此，也有了这本书的完成。

包括书中记录的这二十位年轻人，我们感谢所有受访者的勇敢和无私分享。他们每个人都带给我们无限的思考和启示。也正是这样一个个鲜活的个体，构成了我们这个时代的群像。让我们觉得，这样的记录是有意义的。目前，我们每个月仍然会收到来自全国各地上百位年轻人的报名。

除此之外，感谢为这本书的出版而诚恳付出的所有人，尤其是作家黄灯老师、策划张攀老师和各篇文章的作者，是你们的专业态度和辛勤工作，让这本书得以问世。

…………

"世界上只有一种真正的英雄主义，那就是认清生活的真相后还依然热爱生活。"

栏目初创时，我们临时选用罗曼·罗兰的这句名言作为导语，其间曾多次想换掉，但后来思来想去，还是这句话最能表达我们的初心。

莞莞妈妈痛在婚姻伤痕中，可她依然热爱生活；小欢被现实暴击着画家梦，可他依然热爱生活；秦望倒在溃决的心理防线上，可他依然热爱生活；照二囿于怠惰的泥淖中，可他依然热爱生活……因为"依然热爱生活"，生活会还之以义、以情、以爱，还之以不言败即可触及的礼遇，还之以不放弃即可得到的彩蛋。于是，莞莞妈妈带着女儿开启了红火的互联网事业，小欢有了自己的私人画室，秦望挺起腰板捍卫了作为清华生的尊严，照二经过两年消防兵的磨炼实现了脱胎换骨。致敬那些在艰难困苦中依然热爱生活的人，感谢他们带给我们生活的勇气与奋进的力量。

于是，最后这半句——"依然热爱生活"，也就成了书名。

凉　子

二〇二一年七月十五日

凉子访谈录
LIANGZI INTERVIEW